Luz

Du même auteur

Romans

Au fer rouge, Ombres Noires, 2015, J'ai lu, 2016
Comme un crabe, de côté, Les Petits Polars du Monde, 2014
L'homme qui a vu l'homme (prix Amila-Meckert 2014), Ombres Noires, 2014, J'ai lu, 2015
Dans le ventre des mères, Ombres Noires, 2012, J'ai lu, 2013
No more Natalie, In8, « Polaroïd », 2013
Que ta volonté soit faite, Les Petits Polars du Monde, 2013
Les visages écrasés, (trophée 813 du meilleur roman francophone 2011 ; grand prix du roman noir 2012 du Festival international du film policier de Beaune ; prix des lecteurs du Festival de Polar de Villeneuve-lès-Avignon), Le Seuil, 2011
Zone est, Fleuve noir, 2011
La guerre des vanités (prix Mystère de la critique 2011), Gallimard, 2010
Un singe en Isère, « Le Poulpe », Baleine, 2010
Le cinquième clandestin, La Tengo, « Mona Cabriole », 2009
Marketing viral, Au diable vauvert, 2008
Modus operandi (prix Plume Libre 2008), Au diable vauvert, 2007

Jeunesse

Luz, Syros, « Rat Noir », 2012
Interception (prix Cognac 2013), Rageot, 2012
Un cri dans la forêt (1re édition : 2010), Syros, « Souris Noire », 2012
Liquidation totale (roman-jeu), sous le pseudonyme d'Erik Vance, Solar, 2011

Essais

La vie marchandise, coécrit avec Bernard Floris, La Tengo, 2013
Pendant qu'ils comptent les morts, coécrit avec Brigitte Font le Bret et Bernard Floris, La Tengo, 2010
La démocratie assistée par ordinateur, Connaissances & Savoirs, 2005

Pièces radiophoniques

Comme un crabe de côté, France Culture, 2014
La cigarette, France Culture, 2013
Que ta volonté soit faite, France Culture, 2013
Fractale (France Culture, 2010), La Tengo, « Pièces à conviction », 2011

Marin

LEDUN

Luz

J'ai lu

« Maintenant, c'était fait : elle avait changé de logement. Fait sa valise, ramassé ses revues de cinéma pour émigrer de l'autre côté du palier. Elle vivait avec Fane. Depuis cette nuit de mercredi à jeudi. Fane l'avait achetée à Claude Shawenhick pour une caisse de vin, un lapin et cinquante francs. Ils avaient bu la caisse de vin ensemble, tous les trois, et mangé le lapin ; le lendemain matin, Fane avait donné les cinquante francs à Claude qui, dessoûlé, avait fait mine de vouloir revenir sur sa décision, mais c'était trop tard. On était vendredi. »

Pierre PELOT,
L'été en pente douce, 1980

« Sweetness,
You can come home with me,
Against all hope
And sense of decency.
Sweetness,
Take off that dress for me,
Against all hope
And sense of dignity.
And the world spins 'round
And I don't care anymore. »

Micah P. HINSON,
Take off that dress for me, 2010

1

Des éclats de rire et des bruits de pas résonnent quelque part dans la maison. Premier dimanche des vacances d'été. Fenêtres et portes entrouvertes laissent filtrer un léger courant d'air qui apporte une illusion de fraîcheur. Des gouttes de sueur perlent sur les tempes de Luz. Son dos et ses mains sont moites. Elle relève les pans de sa robe au-dessus des genoux et gravit l'escalier quatre à quatre.

À l'étage, la chaleur est insupportable. Luz file dans sa chambre, balance sa serviette de bain, un tube de crème solaire et son lecteur MP3 dans son sac à dos, puis retourne dans le couloir qu'elle traverse presque en courant. Le plancher craque sous ses pieds. Elle jette un œil dans la salle de bains pour s'assurer qu'elle est libre, puis elle s'y faufile et pousse la porte pour ne pas être dérangée.

Son maillot de bain pend à l'extrémité de la tringle à rideau. L'espace d'un instant, Luz se revoit dans le magasin, parlementant, les yeux gonflés de larmes, pour persuader sa mère de ne pas acheter le même maillot une pièce informe que portent toutes les gamines de dix ans. Elle entend encore les soupirs agacés de Maud et Virginie, ses sœurs aînées, qui attendaient devant la cabine d'essayage, la traitant de bébé parce qu'elle n'a que quatorze ans. Le sentiment de victoire et de rage contenue qui lui tenaillait le ventre est encore bien présent.

Luz cligne des yeux et croise son reflet dans le miroir. Elle grimace puis esquisse un sourire. Elle enlève l'élastique qui maintient ses cheveux en queue-de-cheval et secoue la tête pour libérer ses longues boucles brunes sur ses épaules. De l'index, elle fait glisser derrière l'oreille une mèche de cheveux humides collée à son front et regarde par la fenêtre en direction de la cour.

Il est presque quatre heures de l'après-midi et les adultes sont encore affalés à table, à l'ombre du mûrier. La plupart des hommes sont ivres, les femmes feignent de trouver ça normal et contemplent les cadavres de bouteilles d'un œil vide de toute expression. Trois enfants jouent pieds nus près du puits, dans le fond du jardin. L'un d'eux tient un bâton qu'il agite frénétiquement au-dessus de sa tête, provoquant les cris des deux autres.

Luz hausse les épaules et détourne le regard.

Je ne suis plus une gamine, pense-t-elle en exécutant un pas de danse.

Puis elle saisit le maillot de bain et se change sans même retirer ses vêtements, sachant par habitude que les moments d'intimité sont de courte durée chez elle et que l'une de ses sœurs ou l'un des invités de ses parents en quête des toilettes peut surgir à tout instant. Nouveau coup d'œil au miroir, de profil cette fois. Ses yeux pétillent. Elle se trouve jolie.

Un courant d'air glisse le long de ses jambes. Elle sursaute et se retourne d'un mouvement brusque. Frédéric Vanier, le meilleur ami de son père, se tient dans l'encadrement de la porte, un sourire aux lèvres.

Luz ne bouge pas, tétanisée, en se demandant depuis combien de temps Vanier est là à l'observer et s'il l'a vue enfiler son maillot. Il sent la sueur et l'alcool. L'homme d'une quarantaine d'années est à peine plus grand qu'elle, mais ses mains sont larges comme des battoirs et les muscles de ses avant-bras noueux. Son regard est trouble. Son ventre proéminent tend les pans de sa chemise à carreaux. Son col est taché de vin rouge. Luz frissonne de dégoût, incapable de proférer la moindre parole.

Elle pense : Sale type !

Vanier s'avance sans rien dire. Luz recule contre le mur. Il tend une main luisante de graisse vers elle. Elle bloque sa respiration et lance des coups d'œil désespérés en direction de la porte, priant en son for intérieur pour que quelqu'un débarque à l'improviste.

— Te voilà devenue une femme, dit-il en s'approchant davantage.

Les yeux de Luz deviennent noirs, presque menaçants. Sans paraître s'en émouvoir, l'homme effleure son épaule du bout des doigts. Son haleine empeste, obligeant Luz à tourner la tête. Puis le contact de sa main se raffermit et descend le long de son bras droit en une caresse interminable. Le cœur de Luz bat à tout rompre dans sa poitrine. Elle baisse les paupières, compte jusqu'à trois avant de bousculer Vanier, d'attraper son sac et de s'élancer dans le couloir en se retenant de hurler.

*

* *

Luz déboule essoufflée dans la cuisine, après avoir dévalé les escaliers. Sa mère s'active devant l'évier. Elle lui jette un regard en coin sans s'interrompre :

— Il y a des assiettes à débarrasser, dehors.

Luz feint de ne rien entendre et s'adosse au frigo pour tenter de recouvrer son calme.

Sa tante Marie, la plus jeune sœur de son père, qui habite le village voisin, pose sur elle un regard inquiet mêlé de tendresse.

— Ça va, Lisa ?

Marie est la seule à l'appeler par son vrai prénom. Depuis qu'elle est toute petite, tout le monde l'appelle Luz, ce qui veut dire « lumière » en espagnol. Une idée de sa mère. Mais elle sait aussi que ça signifie « amande » en arabe littéraire. Un jour, elle en a parlé à sa mère qui a simplement dit « Ah oui ? » sans paraître étonnée, puis a changé de sujet. Son père, qui était debout dans l'entrée à ce moment-là, a déclaré d'une voix claire : « Je vais chez Vanier. » Puis il est sorti et a claqué la porte sans rien ajouter. Quelques minutes après, Luz a surpris sa mère assise dans le cellier, et elle est certaine d'avoir aperçu des larmes sur ses joues. Sa mère a fait mine d'avoir de la poussière dans les yeux, elle a ramassé une conserve au hasard sur l'étagère du haut, puis est retournée vaquer à ses occupations. Plus tard, Marie lui a raconté que sa belle-sœur avait connu un jeune homme algérien, bien des années avant de rencontrer son mari, mais que c'était de l'histoire ancienne. Le type, un saisonnier agricole, était reparti vivre dans la banlieue lyonnaise, et la mère et le père de Luz s'étaient connus, puis mariés. Un an plus tard, Maud naissait. La question n'a plus jamais été abordée. Marie continue de l'appeler Lisa, et Luz sent confusément que le refus de sa tante d'utiliser son surnom est lié à cette vieille histoire. Marie est gentille mais elle a du mal à dissimuler sa peur des hommes. Et des étrangers en particulier.

— Il fait une de ces chaleurs, dit-elle en guise de réponse.

Luz est tentée de parler de ce qui s'est passé avec Vanier dans la salle de bains, un instant plus tôt, mais la présence de sa mère la retient. À Marie, elle peut tout dire ou presque, mais elle craint que sa mère ne l'écoute pas et ne prenne aussitôt la défense du voisin, l'accusant de vouloir faire son intéressante ou, pire, de mentir.

Luz choisit de se taire. Elle s'efforce de sourire et rajuste le sac sur son épaule pour ne rien laisser paraître de son trouble. Que pourrait-elle bien dire ? Après tout, Vanier lui a juste touché le bras, rien de plus. C'est sa parole contre la sienne.

Marie ne la quitte pas des yeux.

— Maman ? demande Luz pour couper court. Est-ce que je peux aller me baigner à la Volte ? Je m'ennuie.

— Tu sais bien que j'aime pas que tu y ailles seule, répond sa mère sans se retourner.

Luz se dit que si ses parents ne s'entêtaient pas à lui refuser l'achat d'un portable, alors que toutes les filles de son âge en possèdent un, sa mère pourrait la joindre quand elle le souhaite et s'inquiéterait sans doute moins pour elle. Elle se retient de remettre la question sur le tapis pour ne pas envenimer la conversation et se contente d'ajouter, d'un ton suppliant :

— S'il te plaît.

— Avec tout le boulot qu'il y a ici, tu n'as pas mieux à faire ?

Marie prend sa défense :

— C'est le début des vacances, dit-elle en accompagnant ses mots d'un clin d'œil à l'adresse de Luz. Lisa a bien le droit d'aller voir les amies de son âge.

— Et le ménage ?

— Je t'aiderai, la coupe Marie. Et je suis certaine qu'elle fera sa part en rentrant, n'est-ce pas, Lisa ?

Luz s'empresse d'acquiescer.

Toujours sans lui faire face, sa mère s'arrête de frotter, s'éponge le front du revers de la main et pousse un long soupir.

— D'accord.

Luz pousse un cri de joie :

— Merci maman !

— Mais va prévenir ton père avant, ajoute-t-elle avant de reprendre sa tâche.

Luz s'apprête à protester quand un raclement de gorge les fait se retourner toutes les trois. Frédéric Vanier entre dans la cuisine.

— Alors, mesdames, encore en train de comploter ? dit-il en terminant sa question par ce rire stupide dont il ponctue chacune de ses phrases et en posant un regard insistant sur Luz.

La jeune fille déglutit et se raidit. Vanier s'avance vers elle, la frôle et ouvre la porte du freezer en esquissant un sourire. Luz croise le regard interrogateur de Marie. Les yeux bleus de sa tante semblent scruter chacune de ses réactions. Marie jette un œil, derrière elle, en direction de la cour.

— Tu cherches quelque chose ?

— Des glaçons.

— J'en ai apporté sur la table il y a pas deux minutes, dit-elle d'une voix sèche. J'en ai remis à geler, mais ça prendra un moment.

— Oh ! bafouille Vanier. C'est parfait dans ce cas. Je te remercie.

Il referme le freezer et se dirige vers la cour d'un pas hésitant, veillant cette fois-ci à éviter Luz.

Vanier sorti, Luz pousse un soupir de soulagement intérieur. Les glaçons, tu parles ! marmonne-t-elle pour elle-même.

Marie interrompt ses pensées :

— Ce type me donne la chair de poule. Pourquoi mon frère traîne-t-il avec lui ?

— Parle moins fort ! fait la mère de Luz, un air de reproche dans la voix. Il pourrait nous entendre.

— Et après ? lance Marie sur un ton de défi qui fait sourire Luz. Il est tout le temps fourré ici, il fait comme chez lui, il se sert même dans le frigo !

Luz réprime son envie de poursuivre la liste entamée par sa tante. Poings serrés, elle attend la réaction de sa mère qui ne vient pas. Cette dernière ne trouve rien à répondre et replonge ses deux mains dans l'évier. Marie n'insiste pas. Luz se faufile à côté d'elle, des larmes de rage aux yeux. Dans la cour, Vanier a déjà retrouvé sa place, à côté de son père. Les deux hommes lèvent leur verre et trinquent en riant.

— Tu m'accompagnes à la rivière ?

Marie passe les doigts dans les cheveux bouclés de sa nièce en secouant la tête.

— Tu as mieux à faire qu'à traîner avec des vieilles filles comme moi.

Luz se retient de dire que si sa tante acceptait, cela lui éviterait d'affronter son père et les coups d'œil salaces de Vanier.

— On n'ira pas trop loin.

— J'ai promis d'aider ta mère.

Luz hésite une seconde à annuler son programme et gagner sa chambre pour écouter de la musique, enfermée à double tour, mais l'envie d'essayer son nouveau maillot est plus forte que ses craintes.

Elle lance d'une voix boudeuse :

— Je demanderai à Maud ou Virginie de venir avec moi.

Elle s'accroupit pour fermer la boucle de ses sandales, pose son sac, puis se redresse et quitte la cuisine pour la fournaise de la cour.

*
* *

Les trois gosses passent en trombe devant Luz, soulevant un nuage de poussière. Elle les évite de justesse et parcourt les vingt mètres qui la séparent de l'ombre du mûrier où a été dressée la table. Des mouches en provenance du poulailler voisin, attirées par la bonne chère, volent d'assiette en assiette. Le sol, mélange de gravier, de chiendent et de débris de tuiles concassées, est jonché de serviettes en papier et de gobelets en plastique que leurs propriétaires ont la flemme de ramasser. Deux chiens abâtardis se délassent au milieu des chaises, insensibles aux cris des enfants et au caquètement des poules qu'ils poursuivent.

L'arrivée de Luz ne suscite aucun mouvement. Sur la nappe maculée, des tasses de café vides et des bouteilles de digestif trônent au milieu des restes du repas de midi et des taches de gras. Une douzaine d'adultes sont affalés sur des sièges, en demi-cercle, dans la partie épargnée par le soleil. Des voisins, un couple d'amis débarqués de Haute-Loire, le quincaillier et ses trois enfants, et un vieillard dont Luz a oublié le nom. Les paupières sont lourdes, les corps flasques et les esprits endormis. La viande de bœuf, l'apéritif, le vin de table, l'alcool de poire et la chaleur produisent leur effet. Comme chaque dimanche, aussi loin que Luz se souvienne. Ou comme lors de chaque retransmission de match de rugby ou de foot.

Vanier et son père sont au centre de ce petit monde.

Luz parcourt en vain les environs du regard à la recherche de Maud et Virginie. Ses sœurs ont déjà filé.

Elle se tourne vers son père :

— Tu sais où sont Maud et Virginie ?

L'intéressé lève les yeux vers elle, comme s'il découvrait seulement sa présence. Ses yeux sont injectés de sang, vitreux. Vanier répond à sa place :

— Un copain à elles est passé les prendre en voiture il y a dix minutes.

— Une Clio rouge ?

— Peut-être bien, ricane Vanier. Tu t'y connais en bagnoles, toi, maintenant ?

— Elles auraient pu m'attendre !

— Faut croire qu'elles avaient mieux à faire.

Luz se dandine sur place. Un sentiment de déception, puis de colère l'envahit.

— Elles ont dit quand elles revenaient ?

Son père chasse sa question de la main, incapable d'articuler quoi que ce soit. Son ami poursuit d'un ton qui n'amuse que lui :

— À cet âge-là, on sait quand elles partent, jamais quand elles rentrent, pas vrai, Robert ?

Et les deux hommes de glousser comme si la plaisanterie avait quoi que ce soit de drôle.

Luz n'aime pas quand Vanier fait ses blagues vaseuses. Elle déteste encore plus quand son père, assommé par l'alcool, le laisse dire. Elle tourne la tête en direction de la rue en se demandant si elle ne ferait pas mieux de partir tout de suite. Ses sœurs sont probablement descendues à la rivière. Elle les retrouvera là-bas. De toute façon, son père n'est pas en état de lui répondre. Elle s'apprête à mettre son plan à exécution quand Vanier l'interpelle en la reluquant des pieds à la tête :

— Quoique ça doit commencer aussi à te travailler, pas vrai ?

— Luz ? marmonne son père, vaguement étonné. C'est qu'une gamine !

— Pas tant que ça, commente Vanier d'une voix nasillarde en attrapant Luz par le bras et en la tirant vers eux. C'est presque une femme, maintenant.

Des paupières se lèvent et des têtes se tournent. Luz est rouge de honte. Non content de la tripoter dans la salle de bains pendant que son père cuve son vin, Vanier s'enhardit à le faire en public.

— Ne sois pas timide, voyons ! Y a pas de honte à ça !

Luz dégage son bras mais Vanier resserre son étreinte et attrape de l'autre main un verre de digestif qu'il colle aux lèvres de Luz pour la faire boire en expliquant que c'est bon pour ce qu'elle a. Papa ! Papa ! supplie Luz mentalement. Arrête-le, papa ! Mais son père ne réagit pas et regarde la scène en ricanant comme s'il s'agissait d'une représentation de théâtre burlesque. Luz sent des larmes lui monter aux yeux. Elle se débat, des gouttes d'alcool tombent sur sa robe. Vanier est écarlate mais ne cède pas, encouragé par le silence complice de l'assistance. Personne ne bouge, personne ne prend sa défense. Luz rassemble ce qu'il lui reste de fierté et s'arrache brutalement aux mains de Vanier puis s'enfuit en direction de la cuisine. L'alcool vole au visage du voisin, hilare, le verre roule sur la table et se brise à leurs pieds.

Attirées par les éclats de rire, Marie et sa mère sortent sur le perron. Luz les bouscule en passant, attrape son sac. En se penchant, elle aperçoit une bouteille de mirabelle qu'elle glisse avec ses affaires de bain, sans trop savoir pourquoi. La tête lui tourne. Elle ressort et court jusqu'au portail. La voix de sa mère lui parvient, entre deux sanglots de rage.

— Ne rentre pas trop tard !

Tu parles ! marmonne Luz pour elle-même en accélérant la cadence.

Elle descend la rue à toutes jambes sans se retourner. À la sortie du village, cent mètres après le panneau *Bienvenue à Saint-Barthélemy*, elle bifurque à droite et s'engage sur le chemin qui descend aux vergers, puis à la rivière. Elle dévale la pente à en perdre haleine et ne s'arrête pour reprendre son souffle et boire une rasade d'alcool de prune qu'une fois ses larmes séchées, trois cents mètres plus bas, alors que les toits des dernières fermes sont déjà hors de sa vue. Là, Luz s'assoit sur un rocher, porte une deuxième fois le goulot à sa bouche, tousse et crache en avalant le liquide à quarante-cinq degrés, revisse le bouchon et remet la bouteille dans son sac. Ragaillardie, elle réajuste sa robe, époussette ses sandales, frotte ses yeux et tire ses boucles brunes en arrière. Puis elle sort le lecteur MP3 de son sac, règle le volume et visse les écouteurs sur ses oreilles. Les premières notes d'*Origin of Symmetry* de Muse résonnent dans sa tête. Elle reprend alors le chemin qui mène aux gorges de la Volte, en prenant garde, cette fois-ci, de marcher lentement et ne pas paraître essoufflée quand elle croisera les premiers baigneurs, un kilomètre plus loin.

Loin, bien loin des mains baladeuses de Frédéric Vanier, du mutisme de son père et des beuveries du dimanche après-midi.

2

Les pentes ravinées cèdent la place à des massifs d'essences variées qui s'épanouissent au pied de la vallée encaissée de la Volte. Luz escalade un pierrier et gagne l'ombre des saules, des chênes verts et des acacias, au rythme des riffs de guitare et de la voix adolescente de Matthew Bellamy. L'herbe sèche craque sous ses pieds. Des genêts aux fleurs fanées saturés de sauterelles et de guêpes bordent le sentier qui mène à la rivière. Plus bas, elle repère les traces récentes d'un feu de camp. Des canettes gisent au milieu des cendres froides. Elle se prend à rêver d'un jour où elle n'aura plus besoin d'une permission pour venir ici et où elle se baignera à la belle étoile avec ses amis.

Elle monte le volume du MP3 et passe en sifflotant.

Parvenue sur le plat, Luz progresse d'une centaine de mètres supplémentaires avant de rencontrer la route goudronnée, l'unique voie sans issue qui mène à deux maisons aux volets bleus abandonnées depuis des années. Le bitume dégage une chaleur épouvantable. Luz se réfugie sur le bas-côté, slalomant entre les files de voitures garées des estivants. Sur sa droite, un pâturage à l'abandon. Devant elle, les falaises abruptes des gorges, en partie dissimulées derrière les arbres. Aucune trace de la Clio rouge du petit ami de Virginie.

Luz dépasse les maisons dont les jardins sont envahis par les ronces et les mauvaises herbes, et parvient aux limites de la route, marquées de deux gros rochers de granit placés là pour empêcher les baigneurs de se garer plus loin. Elle s'enfonce sous les cerisiers en direction du lit de la rivière, que l'on devine derrière les ajoncs, de l'autre côté du champ.

Un courant d'air frais se faufile entre sa robe et sa peau en sueur. Elle presse le pas malgré elle, dopée par l'idée du contact de l'eau fraîche bientôt sur son corps. Des cerises gâtées pendent encore çà et là aux branches. Elle en déniche une poignée rouge et sucrée qu'elle glisse sur sa langue et suçote avec délice en gagnant l'unique gué qui permet de traverser le cours d'eau sans se déchausser.

Là, un couple de baigneurs d'une vingtaine d'années saute maladroitement de galet en galet pour rejoindre la rive opposée. Luz franchit l'obstacle en quelques enjambées souples et précises. Le jeune homme la salue de la tête pendant qu'elle les dépasse et lui fait un sourire qu'elle lui rend. Sa compagne glisse et pousse des petits cris de surprise, les deux pieds dans l'eau glacée. Luz continue son chemin en se retenant d'éclater de rire. Une petite brise soulève les pans de sa robe. Elle se prend pour Marilyn.

Elle quitte temporairement le lit de la rivière pour une prairie envahie de fougères aigles, de ronciers plus hauts qu'elle et d'arbres fruitiers grignotés par le lierre et le chèvrefeuille, vestiges d'un ancien verger. La chanson *Uprising* à fond dans les écouteurs,

Luz traverse le vacarme des cigales, accrochées aux troncs. Libre comme l'air, légèrement grisée par les effets du soleil sur son crâne et de l'alcool dans ses veines.

Deux minutes plus tard, elle déboule sur le premier coin de baignade, une cuve en forme de croissant longue d'une dizaine de mètres et large de la moitié.

Luz retire l'un de ses écouteurs. Un brouhaha de cris d'enfants, de cigales et de cascades d'eau emplit aussitôt l'air. Elle ne s'attarde pas, bifurque à gauche et entreprend de longer la berge, le long d'un vieux muret.

*

* *

Passé la première retenue d'eau, le cours de la Volte se rétrécit brusquement pour ne plus mesurer que deux ou trois mètres d'un bord à l'autre. Des groupes d'adolescents et des familles s'épanouissent au soleil sur de larges dalles de granit qui partent des contreforts de la falaise et s'enfoncent sous la surface. L'eau vaseuse est d'une couleur verdâtre, mais ne semble pas rebuter les baigneurs qui s'égaillent à la recherche de fraîcheur. Par endroits, une mousse ocre moutonne en nuages vaporeux. Des algues comblent les trous d'eau stagnante délaissés par les nageurs. L'ombre des falaises partage le cours d'eau en deux parties. L'une, à l'est, baigne dans un halo de lumière blanche. Les vacanciers privilégient l'autre, plus douce et plus sableuse.

À tout hasard, Luz cherche des yeux une tête connue. Ne repérant personne de sa connaissance, elle décide de remonter encore davantage, vers les points plus difficiles d'accès, là où elle sait que les jeunes de son âge préfèrent se rendre, par souci de discrétion.

La Volte est à présent coincée entre deux immenses dalles pentues. En son sein, un tourbillon d'écume et de jets d'eau bruyants rend difficile toute baignade. Luz contourne la gigantesque cuve que seuls deux adolescents téméraires osent braver, plongeant dans un trou d'eau au risque de se rompre les os sur les rochers affleurant çà et là. Ils poussent des hurlements au moment de s'élancer pour se donner du courage. Luz reconnaît l'un d'eux, un type de son collège, plus âgé qu'elle, connu pour être un élève dissipé. Elle feint de ne pas regarder dans leur direction pour ne pas attirer l'attention d'Antonin qui l'a déjà ennuyée à plusieurs reprises dans la cour de récréation.

Elle avance de quelques mètres, ignore le vide sous ses pieds et franchit un amas de rochers, avant de rencontrer la première vraie difficulté. Devant elle, un mur de granit et de pierres friables. Commence la partie la plus périlleuse de son ascension.

Elle retire ses sandales, à présent inutiles, et les range avec son baladeur dans le sac qu'elle balance sur son dos. Le vacarme de l'eau est assourdissant et couvre tout autre bruit. Elle s'approche de la rive, s'assure que le niveau est peu profond et se laisse glisser le long de la roche brûlante, veillant à ne pas mettre le pied dans un trou ou sur un nid de vipères d'eau. Elle ne reprend sa respiration que cinq mètres plus loin, au pied d'un énorme bloc qu'elle doit à présent escalader. Elle tend les deux mains, cherche à tâtons une prise du bout des doigts et finit par se hisser de quelques centimètres au-dessus de l'eau pour retomber aussitôt lourdement, manquant de basculer en arrière.

— Merde ! jure-t-elle en retrouvant son équilibre.

Coup d'œil alentour, elle vérifie que personne n'a assisté à sa chute. Une fois rassurée, elle s'élance pour une deuxième tentative, couronnée de succès. Elle progresse, décimètre par décimètre, et parvient à gagner un replat en s'agrippant à une racine. Là, elle se redresse et reprend son souffle avant de longer une faille étroite dans laquelle elle enfouit ses pieds nus. La manœuvre lui prend moins d'une minute, au terme de laquelle elle atterrit sur un tapis de sable et de gravier, de l'autre côté du rocher. Elle attend quelques secondes, le temps pour ses muscles de se détendre. Elle frotte ses jambes et ses avant-bras, maculés d'éclats de mica et de sable, renfile ses sandales et replace les écouteurs sur ses oreilles.

Une fois prête, elle lève la tête et balaie les environs des yeux. Le cours d'eau est plus calme ici. Les cascades ont laissé place à des étendues planes où naviguent des araignées d'eau. Une poignée d'adultes bronzent sur des serviettes. Sur l'autre rive, elle aperçoit Thomas, un élève de troisième au look de baroudeur dont elle a fait la connaissance peu de temps avant la fin des cours.

L'adolescent est un peu maigre, mais ses épaules sont larges et ses mains déjà endurcies par le travail agricole. Ses cheveux tirés en arrière, ses yeux verts et son teint mat évoquent à Luz les traits d'un Italien dans les films de mafiosi qu'elle a vus chez sa tante Marie. Thomas a, paraît-il, vécu huit mois aux États-Unis, près de Boston. Revenu en France, il a dû redoubler pour rattraper son retard, mais il parle anglais avec un accent et un vocabulaire qui ont épaté Luz. Il raconte que son père lui a offert une carcasse d'Opel Manta jaune vif qu'il retape en attendant d'avoir l'âge de la conduire. Quand on demande à la voir, il répond d'un air mystérieux qu'elle est dans l'atelier paternel dont lui seul a la clef. C'est probablement un mensonge destiné à se faire mousser, mais Luz a décidé d'y croire et, à la fête de fin d'année, elle s'est débrouillée pour être assise à côté de lui sur les gradins. En deuxième partie de spectacle, des copains à lui ont débarqué. L'un d'eux se vantait d'avoir planqué un pack de bières quelque part à l'extérieur du collège, ils sont rapidement sortis. Il ne s'est rien passé, fin de l'histoire.

Thomas s'avance, en équilibre sur un piton rocheux, deux mètres au-dessus de la rivière. Luz lui fait un signe de la main. L'adolescent la salue en retour et plonge crânement dans l'eau pour émerger à quelques brassées d'elle. Une gerbe d'eau s'épanouit soudain entre eux. Manon, une fille de quatrième comme elle, sort de l'eau en s'appuyant sur le bras de Thomas.

Le sourire de Luz se fige.

*

* *

Manon attrape sa serviette et entreprend de se sécher les cheveux en une série de gestes calculés, sans perdre Thomas des yeux.

— Tu es seule ? demande-t-elle en nouant la serviette autour de son crâne.

— Je n'ai pas besoin de chaperon, répond Luz d'un ton sec.

À l'opposé d'elle, Manon est une adolescente de petite taille, tout en rondeurs. De longs cheveux blonds tombent sur ses épaules, des taches de rousseur émaillent son visage poupin, éclairé par des yeux noisette rieurs. Manon est extravertie et a le sens de la repartie, alors que les mots sortent difficilement de la bouche de Luz. Manon brille en classe quand Luz peine dans toutes les matières, à part en sport et en arts plastiques. Elles sont dans la même classe depuis la sixième, mais elles n'ont jamais été amies. À vrai dire, elles ne se connaissent pas vraiment. Tout au plus quelques phrases banales échangées en trois ans, rien d'intime. D'ailleurs, qu'auraient-elles à se dire ? Pourquoi est-ce qu'une fille bien dans sa peau comme Manon traînerait avec Luz ? À ce qu'elle en sait, les parents de Manon lui font confiance, la laissent sortir quand elle veut, elle a un portable et tout ce qu'elle demande, tandis que Luz ne met quasiment jamais le nez hors de chez elle et doit supplier sa mère pour le moindre achat. Manon aime être bien entourée et admirée, mais ce qui est certain, c'est qu'elle n'a pas besoin d'une copine comme Luz.

Luz désigne Thomas du menton.

— Vous êtes venus ensemble ?

— Il m'a emmenée sur son scooter, minaude Manon.

— Nos parents sont voisins, précise Thomas en s'affalant sur le sable. Tu veux rester avec nous ou tu viens retrouver quelqu'un ?

Manon serre les dents, visiblement agacée par l'initiative de Thomas. Luz sait déjà ce qu'elle va répondre, mais elle fait mine de regarder autour d'elle à la recherche d'un ami fantôme.

— Je cherche mes deux sœurs, Maud et Virginie, vous ne les auriez pas croisées, par hasard ?

Thomas secoue la tête, Manon se tait.

— Elles sont peut-être plus haut.

Luz finit par s'asseoir à côté d'eux, sans retirer sa robe et ses sandales, comme si elle s'apprêtait à partir d'un instant à l'autre.

— C'est pas terrible, comme coin.

Elle montre les couples allongés autour d'eux.

— Il y a trop de monde.

Thomas hoche la tête en silence. Manon étale sa serviette et s'allonge près de lui.

— Je trouve l'endroit plutôt sympa.

Le regard de Luz tombe sur un type bedonnant, assis à l'écart, qui a l'air seul. L'homme en maillot de bain a les yeux rivés sur elle. De loin, il ressemble à Vanier. Un frisson glacé remonte le long du dos de Luz. Des images désagréables des scènes dans la salle de bains et sous le mûrier de la cour lui reviennent à l'esprit. Elle baisse la tête, incapable de soutenir les œillades du type. Thomas n'a rien vu, mais l'échange n'a pas échappé à Manon.

— T'as la cote avec les vieux, on dirait.

Luz lui lance un regard mauvais et se tourne vers l'adolescent.

— Ça te dit pas de bouger plus haut ?

— Je sais pas, dit Thomas, mal à l'aise, en louchant vers Manon pour mesurer sa réaction.

— Je connais un endroit super.

— Loin ?

— Environ dix minutes de marche.

Thomas jette un œil à sa montre.

— J'ai pas prévu de rentrer tard.

— Allez ! insiste Luz, qui se demande si c'est l'alcool qui la pousse à être aussi hardie ou la présence de Thomas. On a largement le temps ! C'est pas loin. On monte, on se baigne et on redescend.

Joignant le geste à la parole, elle tend les mains pour aider les deux adolescents à se mettre debout. Thomas saisit sa main sans hésiter. Manon pousse un soupir. Luz laisse éclater son enthousiasme :

— Vous allez voir, c'est un coin magnifique !

Manon marmonne un truc en ramassant ses affaires. Luz croit entendre un juron mais elle choisit de ne pas relever. Thomas jette un sac sur son dos et attrape sa serviette de bain sans plus de formalités. La petite troupe se met en route.

*

* *

La montée prend plus de temps que prévu. Dix minutes plus tard, le trou d'eau auquel Luz a fait allusion n'est toujours pas en vue. La végétation est de plus en plus dense et ils doivent fréquemment descendre dans l'eau pour franchir les multiples obstacles que la nature a semés entre eux et leur objectif. Le soleil tape et le trio est rapidement en nage, ce qui n'est pas du goût de Manon, peu rompue à la marche et qui profite du moindre rocher pour se faire aider par Thomas.

— Je crève de chaud.

Luz ignore ses jérémiades et continue d'avancer, rocher après rocher, crevasse après crevasse.

— On pourrait faire un plongeon ici, propose Thomas quelques minutes plus tard, alors qu'ils surplombent un long canyon.

L'eau est claire et Luz distingue le dos argenté de poissons-chats et de gardons.

— On y est presque, râle-t-elle.

Manon laisse tomber son sac à leurs pieds.

— Moi, je fais une pause.

Thomas regarde les deux adolescentes à tour de rôle et hausse les épaules. C'est alors que Luz aperçoit un homme sur la rive d'en face. Deux autres silhouettes se détachent un peu plus loin, un homme et une femme, jambes et bras écartés, leur sexe offert au soleil. Luz s'immobilise. Thomas suit son regard pendant que Manon entre dans l'eau avec précaution.

— Elle est froide !

Sans quitter les intrus des yeux, Thomas s'exclame :

— Ils sont à poil !

— Parle moins fort, chuchote Luz, gênée.

— Quoi ? dit Manon, en s'aspergeant le visage d'eau.

Soudain nerveux, Thomas fait signe à Manon de revenir sur la berge :

— Grouille !

— Mais qu'est-ce qui te prend ? proteste Manon.

L'adolescent l'attrape par le bras et lui tend son sac.

— Il y a des exhibitionnistes, on se barre.

Manon tourne la tête pour regarder à son tour et éclate de rire :

— Et alors, c'est juste des nudistes !

Le visage de Thomas a viré au rouge. Manon se moque de lui :

— Tu n'as jamais vu de nudistes ?

— C'est pas la question, on se barre, c'est tout !

Il se remet en marche sans attendre que Manon se décide et presse le pas comme s'il avait le diable à ses trousses. Luz s'élance à sa poursuite, pendant que Manon se sèche en prenant tout son temps. Elle le rattrape cinquante mètres plus loin.

— Hé, Thomas ! Ça va pas ?

L'adolescent ne répond pas.

— Tu sais, Manon a raison, y a rien de grave.

Thomas se retourne, écarlate, pour lui faire face. Ses poings sont serrés et ses yeux brillent d'un éclat étrange. Luz recule d'un pas :

— Faut pas te mettre dans des états pareils !

— La fille…

— Quoi, la fille ?

— La fille avec le type, là, à poil.

— Et alors ?

— J'ai pas envie de me baigner devant eux, point barre.

Luz le dévisage sans comprendre.

— Tu les connais ?

Thomas se referme et détourne le regard.

— Non.

Luz s'apprête à lui demander en quoi cela pose un problème qu'il se promène avec deux amies dans les gorges de la Volte, quand elle devine que Thomas est tout simplement embarrassé de voir cette jeune femme nue. Elle change de sujet :

— De toute façon, on est bientôt arrivés.

Elle désigne du doigt un monticule rocheux, à moins d'une minute de marche devant eux.

— Tu vois ce tas de cailloux là-bas ?

Thomas lève les yeux et acquiesce.

— Le point d'eau dont je t'ai parlé est juste derrière, dit-elle. On n'a qu'à escalader ces rochers et redescendre dans la combe.

Manon les rejoint à ce moment-là. L'adolescente est essoufflée mais un sourire amusé se dessine encore sur ses lèvres. En passant devant Luz, elle murmure, d'un air complice, suffisamment fort pour que Thomas n'ignore rien de ses propos :

— Il est pas un peu coincé, lui ?

Thomas se crispe. Luz lui adresse un clin d'œil dans le dos de Manon. Il lui répond par un sourire qui semble vouloir dire : « Merci de ne pas avoir insisté. » Le cœur de Luz fait un bond dans sa poitrine. Elle pense à la bouteille d'alcool dans son sac et à son nouveau maillot de bain. Elle se dit qu'elle a rudement bien fait de descendre se baigner aujourd'hui et aussi que, si Manon n'était pas là, les choses seraient plus simples. Un sentiment confus de liberté l'envahit. Son MP3 diffuse à présent la mélopée mielleuse d'un tube de Lady Gaga. Elle enfouit la main dans la poche de son sac, presse un bouton jusqu'à ce que retentissent les premières notes de *California Gurls* de Katy Perry et rajuste ses écouteurs. Puis elle rattrape ses compagnons.

*

* *

Les doigts de Manon sont cramponnés à la roche, ses jambes sont pliées et tremblent légèrement, et elle se cambre dangereusement vers l'arrière. Luz la guide de la voix et Thomas est resté en dessous et lui tient le pied gauche.

— Tu as une prise sur ta gauche, dit Luz, agacée par la gaucherie de l'adolescente.

— Je vois rien ! crie Manon, complètement paniquée.

Thomas et Luz échangent un long regard. Manon est bloquée au milieu de la paroi depuis deux minutes, incapable de redescendre ni de trouver la force de continuer.

— Ça risque rien, t'es même pas à un mètre du sol.

Manon lui jette un regard furieux, puis sa main droite se met elle aussi à trembler, ses doigts glissent et elle lâche le rocher, finissant dans les bras de Thomas.

— Je me suis râpé la cuisse !

De sa position, Luz voit les bras de Thomas enroulés autour de la taille de Manon qui se tient la jambe en se lamentant comme si elle se l'était cassée. Elle commence à perdre patience. La tension monte d'un cran :

— Bon, on va pas y passer l'après-midi, merde ! Il m'a fallu dix secondes pour monter, me dis pas que tu peux pas en faire autant.

Luz s'allonge au sommet, tend une main au-dessus de la tête de Manon et s'agrippe solidement de l'autre.

— Attrape !

— J'y arriverai pas, gémit Manon.

Thomas saisit le bras de l'adolescente d'un geste gauche et l'aide à se remettre en position sur le rocher. Manon pèse de tout son poids sur son épaule en tentant de se redresser d'un mouvement maladroit du torse. Thomas se retrouve le nez au niveau de ses fesses. Ses joues s'empourprent. Sa gêne n'échappe pas à Luz qui se penche un peu plus avec nervosité.

— Là, attrape !

Un sourire amusé se dessine à la commissure des lèvres de Manon alors qu'elle saisit enfin la main tendue. De colère, Luz hésite une fraction de seconde à la lâcher en espérant que l'adolescente se casse vraiment la jambe, puis elle raffermit sa prise et tire de toutes ses forces pour la hisser jusqu'à elle, veillant à ne pas la ménager. La chaleur rend l'exercice pénible. L'un de ses écouteurs tombe de son oreille.

— Tu me fais mal !

Luz serre les dents et ne dit rien, une vague nausée coincée dans la gorge. Les vertiges procurés par l'alcool ont disparu et elle ressent les premiers effets d'un mal de crâne. Elle se demande si l'un des deux autres a pensé à amener de l'eau potable. Devant elle, Manon se redresse et frotte l'éraflure sur sa cuisse d'où perlent quelques gouttes de sang. Son sourire a disparu.

— Ça va mettre des semaines à cicatriser.

Ignorant ses jérémiades, Luz range le baladeur et fait glisser son sac le long du rocher, du côté opposé. La tête de Thomas émerge sur la plate-forme, congestionnée par l'effort. Luz saute en contrebas. Manon cesse enfin de se plaindre et pousse un petit cri de surprise en tournant la tête.

— Waouh, c'est le paradis ici !

Luz n'écoute plus. Elle n'a qu'une envie, quitter sa robe et sauter la tête la première dans l'une des six ou sept vasques qui parsèment l'immense dalle de pierre étendue devant eux. Elle défait ses sandales, déboutonne une bretelle de sa robe, puis la deuxième, elle se tortille, le tissu tombe à ses pieds. Elle s'élance et plonge sans plus attendre. Le contact de l'eau la fait frissonner. Les yeux écarquillés, elle goûte au plaisir de la nage entre deux eaux, partagée entre la pénombre des profondeurs et la clarté de la surface, avant d'émerger, au bord de l'asphyxie, dix mètres plus loin. Ses poumons s'emplissent brutalement d'air en même temps qu'elle évacue toute mauvaise pensée. Elle se dit qu'aujourd'hui c'est son jour et que rien ne viendra le gâcher.

Ruisselante, Luz s'extrait du trou d'eau d'un mouvement souple du bassin. La chaleur emmagasinée par le granit diffuse une sensation de bien-être sous ses pieds. Elle réajuste l'élastique de son maillot, vérifie que tout est en ordre et fait signe à Thomas de la rejoindre.

Ce n'est peut-être pas le paradis, pense-t-elle, mais en tout cas, ça y ressemble.

3

Les cigales s'égosillent dans la chaleur de la fin d'après-midi. Luz reprend son souffle, allongée sur la pierre, les pieds dans l'eau. Le soleil flirte avec le sommet de la falaise, au-dessus d'elle. L'ombre s'étale à présent sur plus de la moitié du vallon. La voix chaude d'Amy Winehouse sur *Rehab* s'échappe du portable de Manon, assise en retrait, à côté d'un bosquet de roseaux. Le son est mauvais, mais le rythme est bon. Luz tape des doigts en cadence sur son ventre humide.

Thomas et elle ont couru, sauté, nagé et rigolé pendant près d'une heure dans les différentes vasques et cascades que leur offre cette formidable aire de jeux. Ils ont passé vingt minutes à empiler des galets pour resserrer le cours du ruisseau et augmenter ainsi le débit d'une sorte de toboggan naturel couvert de mousse qu'ils ont dévalé ensuite sans se lasser. Regards complices, gerbes d'eau, tapes dans le dos. Luz n'a pas vu le temps passer.

Manon, elle, ne s'est quasiment pas baignée, sous prétexte que l'eau était plus froide ici qu'en aval. Luz n'a fait aucun commentaire. Manon est la reine des cours de récréation et des rues piétonnes, la fille qui parle, qui séduit les garçons avec ses beaux yeux. Luz, celle qui joue, qui escalade et qui plonge en hurlant comme un mec. C'est du moins ainsi qu'elle voit les choses.

Luz consulte son portable. Il sera bientôt six heures. Là-haut, à Saint-Barthélemy, son père doit finir de cuver. Sa mère et sa tante ont sûrement fini de tout ranger et ce connard de Vanier est probablement en train de proposer d'entamer l'apéro devant une finale de tennis ou de foot. Luz sait qu'elle ne devra pas tarder à rentrer, mais elle est décidée à faire traîner.

Qu'ils se fassent de la bile, pense-t-elle en serrant les dents. Qu'ils s'inquiètent pour moi, une fois dans leur vie, ça leur fera le plus grand bien, merde alors !

Un hurlement la tire de ses pensées. Thomas vient de s'élancer d'un gros rocher qui surplombe un trou d'eau de plus de quatre mètres de profondeur. Luz étouffe un cri.

— Attention !

L'adolescent atterrit en plein centre de son objectif et émerge un instant plus tard, la bouche grande ouverte et fier de son coup. Il nage jusqu'au bord et s'accoude près de Luz.

— On remet ça tous les trois ?

Manon hausse les épaules. Luz fronce les sourcils et feint d'être en colère :

— T'es taré ! T'aurais pu t'écraser et te casser quelque chose.

Derrière elle, la voix de Manon est plus cassante :

— Vous êtes complètement cons, oui ! C'est hyper dangereux. Imaginez qu'il rate son coup. On fait quoi, nous ? On appelle les urgences ? Merde, ici, j'ai même pas de réseau. Tu nous vois le porter pendant trois kilomètres sur notre dos ?

Les deux autres éclatent de rire.

— En plus il est tard et il faut que je rentre.

Luz lève les yeux au ciel. Le rire de Thomas redouble. Cette fois-ci, Manon fait carrément la gueule. Elle se redresse, range son portable et plie sa serviette, puis elle se tourne vers Thomas :

— Tu me ramènes ?

Le sourire de Thomas disparaît. Il sort brusquement de l'eau et passe devant elle sans un regard.

Manon s'énerve :

— Tu entends ce que je te dis ou t'es sourd ?

Des bruits de voix viennent couvrir la fin de sa question. Un groupe d'adolescents envahit la plage. Thomas va à leur rencontre.

*

* *

Les nouveaux arrivants portent de lourds sacs à dos dont dépassent des tapis de sol, des sacs de couchage et même un skateboard. L'un d'entre eux traîne une glacière qu'il dépose sans ménagement avant de serrer la main à Thomas. Le groupe est composé de quatre types et une fille, visiblement la copine du plus grand. Des élèves de seconde, en classe avec Thomas avant son départ pour les États-Unis. Ils remontent la Volte pour camper plusieurs jours, deux kilomètres en amont, dans un coin tranquille qu'ils ont repéré l'année passée, histoire de fêter leur dernière année sans examen.

Les présentations faites, Thomas les invite à rester un moment avec eux. Luz proteste mollement. Manon, les yeux rivés sur l'un des quatre garçons, un blond tatoué aux pectoraux étonnamment volumineux, semble avoir oublié qu'elle voulait partir une minute plus tôt. Elle affiche une mine radieuse.

Merde, pense Luz, qui constate que la fille a le même maillot qu'elle. Celle-ci s'en aperçoit à son tour et fait une réflexion à l'oreille de son copain en pouffant. Le type détaille Luz des pieds à la tête en silence et fait remarquer, geste à l'appui, qu'elle a de petits seins, sans même prendre la peine de baisser la voix. Rouge de honte, Luz tourne la tête et feint de n'avoir rien entendu, pendant que la fille ricane bêtement dans son dos. Bras croisés sur la poitrine, elle fait signe à Thomas de la rejoindre, mais il l'ignore. Elle s'avance, lui attrape le bras et se penche vers lui :

— J'ai pas trop envie qu'ils restent.

L'adolescent chasse ses craintes d'un revers de la main.

— T'es folle, on va bien se marrer. Ils sont sympas, tu vas voir.

— Je le sens pas trop…

Un petit brun aux cheveux broussailleux et aux joues couvertes d'un duvet ridicule se faufile entre eux, deux Heineken à la main.

— Salut, moi, c'est Marco. Ça tente quelqu'un ?

Luz décline de la tête, mais Thomas attrape les deux canettes et lui en glisse une entre les doigts.

— Allez, quoi !

Luz n'ose pas refuser. D'autres bières continuent de sortir de la glacière. Manon a déjà bu la moitié de la sienne. Elle bombe le torse, plantée entre le tatoué aux cheveux longs et un bellâtre gominé qu'elle ne lâche plus des yeux et qu'elle abreuve de phrases toutes faites, du genre : « Tu fais du skate depuis longtemps ? » Luz porte machinalement la canette à ses lèvres, manque de s'étouffer tant le goût est amer et prie intérieurement pour que les intrus ne s'attardent pas trop.

*

* *

Une demi-heure plus tard, Manon patauge avec les deux types, l'air de découvrir que le milieu aquatique est son élément favori, Thomas devise séries américaines avec le grand brun qui donne l'impression d'avoir passé les seize dernières années de sa vie avec une perfusion télé, et Marco en est déjà à sa quatrième ou cinquième Heineken, comme si la glacière était sans fond. Des mégots de Winston et de Chesterfield, des canettes et des paquets de gâteaux vides jonchent le sol autour du campement improvisé. L'ombre de la falaise ouest s'attaque aux contreforts de la falaise est, une brise s'est levée et la température a baissé de quelques degrés.

Luz a la nausée, sa bière, à présent imbuvable, est à température ambiante, et le petit coin de paradis ressemble de plus en plus à la cour de sa maison un après-midi de dimanche. Ne manquent que le mûrier et les sales œillades de Vanier. À genoux dans le sable, elle contemple le spectacle avec désolation.

Les yeux de Thomas brillent d'un drôle d'éclat et ceux de Manon et de Marco lui rappellent le regard vitreux de son père. La fille et son mec interrompent la conversation toutes les cinq minutes pour s'embrasser à pleine bouche et se peloter, comme si Luz et Thomas n'existaient pas. Marco, visiblement habitué, vide consciencieusement une énième bière en rêvant de jours meilleurs et allume une nouvelle cigarette, ponctuant chacune de ses bouffées par une quinte de toux qui en dit long sur son envie réelle de fumer. Luz lui fait remarquer qu'à ce rythme-là sa glacière ne lui fera jamais trois jours, mais l'adolescent lui demande de se mêler de ses oignons en la regardant de travers. Elle le toise avec dédain, puis elle fait mine de s'intéresser à Manon et à ses deux nouveaux amis pour changer de sujet. Le trio s'est lancé dans un jeu stupide qui consiste à rester en apnée le plus longtemps possible sous l'eau, le perdant étant dans l'obligation de boire une gorgée de bière. À en juger par l'énergie déployée par les deux types pour faire rire Manon avant chaque immersion, elle sera vite ivre morte, s'il reste assez d'alcool pour ça.

— Quelle connerie, tu trouves pas ?

Peu loquace, Marco lui réplique qu'il faut vraiment être abruti pour passer des heures dans une eau aussi froide, qu'il n'en voit pas l'intérêt et que ses potes sont vraiment des crevards de draguer une nana aussi jeune et aussi mal fichue. Même si Luz sait que le pli sur le front de Marco affirme le contraire, elle s'efforce d'ignorer les bourrelets de graisse qui dépassent de son tee-shirt pour ne pas lui montrer qu'elle a compris depuis un moment pourquoi il préférait picoler plutôt que d'aller se détendre avec une jolie fille. Même avec toute la mauvaise foi du monde, on peut difficilement reprocher à Manon de ne pas être attirante. Bien des jeunes femmes de vingt ans rêveraient d'être roulées comme elle à quatorze ans, à commencer par les deux sœurs de Luz qui l'ont d'ailleurs surnommée la « pouffe ».

Marco essaie de lui fourguer une clope. Luz secoue la tête sans même lui répondre, histoire de lui faire comprendre qu'elle et lui ont en commun d'être les parias de cette petite sauterie improvisée, mais que ça n'implique pas qu'ils doivent devenir les meilleurs amis du monde. Le type semble recevoir le message cinq sur cinq et tire une longue latte sur sa Winston en scrutant le ciel d'un air absent. Luz tourne la tête et réalise que le couple a disparu. Quand elle interroge Thomas pour savoir où ils sont partis, celui-ci prend l'air le plus ahuri qu'il puisse trouver pour lui dire : « À ton avis ? » Marco et lui éclatent de rire.

Si seulement ces imbéciles pouvaient ne jamais avoir débarqué ici, pense-t-elle en se levant pour se dégourdir les jambes. Au regard furieux que lui jette Marco après coup, elle se demande si elle n'a pas parlé à haute voix.

— T'as un problème ? lui lance-t-elle avec une pointe d'agressivité.

L'autre marmonne un truc en rapport avec ses règles et le fait qu'elle soit coincée, puis il écrase sa cigarette à moitié consumée et s'en rallume une autre.

— Et décapsule-toi une autre canette tant que t'y es ! Ça t'occupera.

Sans chercher à connaître l'effet que ses paroles ont sur lui, elle lui tourne le dos, attrape son baladeur et fait quelques pas vers la falaise. Derrière elle, Thomas tente de calmer le jeu en proposant de boire un coup à Marco qui déclare d'une voix étonnée :

— Merde, ce sont les dernières.

Luz s'assoit, sélectionne un groupe et un album au hasard dans sa *playlist* et ferme les yeux pour réfléchir. Les premières notes d'*I Gotta Feeling* des Black Eyed Peas résonnent dans ses écouteurs, contrastant par leur rythme et leur légèreté avec l'ambiance tendue du moment.

À son retour, dix ou quinze minutes plus tard, le couple est réapparu et la discussion se focalise maintenant sur *La Ferme Célébrités*, une émission de téléréalité débile que ses sœurs ne ratent jamais. Le visage de la fille est écarlate, comme si elle avait couru un cent mètres, et le grand benêt se prend pour DiCaprio dans *Titanic*, en version brune et sans la mèche. Marco et Thomas se font des messes basses à intervalles réguliers en ricanant comme s'ils avaient dix ans. Le type aux cheveux longs dont Luz ignore toujours le prénom a quitté l'eau et laissé son copain seul avec Manon qui est au bord de l'apoplexie. Hilare, ce dernier finit par s'extraire de la vasque à son tour, mais Manon ne le suit pas. Le bellâtre lui tend la main pour l'aider à sortir, mais l'adolescente glisse, perd l'équilibre et s'enfonce dans l'eau. Une dizaine de canettes vides gisent sur le bord. Manon ne remonte toujours pas.

Luz s'approche pour voir à quoi elle joue, quand un froncement de sourcils du type lui fait comprendre qu'il se passe quelque chose d'anormal. Elle se précipite et atteint la vasque au moment où Manon émerge une première fois en crachant une partie de l'eau qui lui est entrée dans la bouche et les poumons. Luz donne un coup sur l'épaule du type, trop éméché pour réagir.

— Putain, mais fais quelque chose !

Voyant que l'autre ne bouge pas d'un pouce, elle hurle à l'adresse de Thomas de venir l'aider, puis elle se jette à l'eau sous le regard médusé des cinq autres.

Elle se bat un instant avec Manon qui, paniquée, fait de grands gestes avec ses bras et ses jambes, boit la tasse à deux ou trois reprises, puis elle parvient à la saisir sous les aisselles et à la ramener vers le bord en lui maintenant la tête hors de l'eau. Arrivé à la rescousse, le type aux cheveux longs l'aide à la tirer sur la dalle, distrait dans la manœuvre par le fait que l'une des bretelles du maillot de bain de Manon est tombée, dévoilant la peau blanche d'un sein. Luz le pousse sans ménagement, remet le maillot en place et s'accroupit auprès de la jeune fille qui se tord de douleur, se recroqueville sur le côté, tousse et tousse encore, avant de vomir un mélange de bile, d'eau vaseuse et de bière réchauffée, et de se mettre à pleurer à chaudes larmes dans ses bras.

Le type aux cheveux longs tape doucement sur l'épaule de Luz et lui tend une serviette.

— Tiens, mets-lui ça sous la tête.

Luz le dévisage l'air de demander d'où il sort maintenant que le pire a été évité.

— Je m'appelle Antoine, dit le type d'une voix grave, comme si c'était le moment ou jamais d'étaler son extrait d'acte de naissance.

Luz se retient *in extremis* de l'envoyer promener, attrape la serviette et la roule en boule avant de la placer avec délicatesse sous la nuque de la rescapée.

*

* *

Manon ne tarde pas à reprendre ses esprits.

Antoine-les-cheveux-longs et Luz l'aident à se mettre debout et la guident jusqu'à sa serviette, dans laquelle elle s'emmitoufle en claquant des dents. Thomas sort une bouteille d'eau de son sac et la lui propose. L'ambiance s'est légèrement refroidie. La fille est pelotonnée contre son petit ami en silence. Le bellâtre, penaud, s'est réfugié derrière Thomas. Quant à Marco, il tourne la tête dans tous les sens, à la recherche d'une bière encore pleine, à défaut de quoi il entreprend de rouler un pétard, histoire, dit-il, « de détendre tout le monde ». Sa tâche terminée, il l'allume, tire deux grosses bouffées en expert, marmonne un vague « elle est vraiment bonne, celle-là ! » et le passe au grand type qui crapote comme s'il s'agissait d'un calumet de la paix.

Luz le regarde faire, incrédule, et se demande comment on peut ainsi passer du plus bel après-midi de l'année au pire cauchemar de son existence. Pour la première fois depuis qu'elle a croisé Thomas et Manon, elle se dit qu'elle rentrerait bien chez elle, mais Marco interrompt le fil de ses pensées en lui tendant le deux-feuilles.

Luz le refuse. Elle se lève et abandonne Manon dans les bras d'Antoine. D'un signe de tête insistant, elle invite Thomas à la rejoindre à l'écart. L'adolescent s'exécute en soupirant et la rattrape en titubant.

— Qu'est-ce que tu veux ?

Luz laisse exploser sa colère :

— Qu'est-ce que je veux ? Merde, Manon a failli se noyer à cause de tes abrutis de copains, tu te bourres gentiment la gueule avec ton pote Marco et tout ce que vous trouvez à faire, c'est de fumer un pétard pour fêter ça !

Thomas ouvre la bouche pour répondre, mais rien ne vient.

— Tu leur dis de se casser, d'accord ?

— Je sais pas, parvient-il à articuler.

— Si tu promets d'arrêter de picoler, je le fais moi-même.

L'adolescent se fige et paraît se concentrer sur la question.

— J'en ai rien à faire de tes potes, ça ne me coûtera rien.

— Et Manon ?

Luz le regarde, interloquée :

— Quoi, Manon ?

— Qu'est-ce qu'on fait d'elle ?

— Merde, tu t'imagines que je vais la laisser partir avec ces types qui sont juste bons à la faire boire pour s'amuser avec elle ?

Thomas se renfrogne.

— C'est pas ce que j'ai voulu dire.

— Alors quoi ?

— Je me disais que toi et moi… Tu vois, quoi !

— Pas vraiment, non.

— Je te plais pas ?

— Tu trouves que c'est le moment de parler de ça ?

— Je croyais que…

— Je sais pas, moi… Tu trouves que c'est romantique ? Manon qui manque de se noyer, tes potes qui boivent comme des trous, le type avec sa copine en chaleur, toi qui sens la bière à deux kilomètres…

Luz lève les mains en signe d'exaspération et recule d'un pas, ses yeux vissés dans ceux de Thomas.

— Oh et puis merde !

Elle fait volte-face et retourne voir les autres, bien décidée à les faire décamper au plus vite. Manon est assise, tout sourire, contre Antoine, et Marco est en train de boire au goulot de sa bouteille de mirabelle.

Luz se précipite sur son sac pour en vérifier le contenu.

— Qui t'a permis de fouiller dans mes affaires ? hurle-t-elle, hystérique, en se jetant sur lui pour récupérer ce qui lui appartient.

Thomas tente de la tirer en arrière, mais elle parvient à échapper à son étreinte et se met à rouer Marco de coups de poing sur le torse, les bras et la tête. L'adolescent finit par lâcher prise pour se défendre. La bouteille se casse en tombant, répandant des bris de verre et une forte odeur d'alcool sur les serviettes. Luz ne cède pas pour autant et redouble de rage. Du sang vient se mêler à l'alcool et au sable.

— Je saigne ! se lamente Marco qui peine à la maîtriser.

Le bellâtre et la fille la traitent de folle. Manon reste immobile, toujours sonnée par les ravages de l'alcool dans son sang. Antoine et Thomas parviennent enfin à ceinturer Luz et la tirer en arrière pour l'empêcher de se faire mal. Elle se dégage d'un mouvement sec et semble se calmer.

— Ça va, ça va !

— Merde, Luz, tu as du sang sur les mains.

Elle jette un œil, frotte le sang du doigt et fait apparaître une coupure entre l'index et le pouce. Elle porte la main à ses lèvres et suçote la plaie puis regarde à nouveau. La blessure est superficielle.

— C'est rien.

Marco s'est redressé sur ses pieds et la menace du poing, à distance respectable.

— Elle est tarée, cette gamine ! Non mais, regardez ce qu'elle a fait ! Tout ça pour une putain de bouteille de gnôle !

— Je suis pas une gamine !

Thomas s'interpose :

— Pourquoi t'as fouillé dans son sac ?

— C'est pas la question, bafouille Marco.

— Elle a raison, insiste Thomas. T'avais pas le droit de faire ça.

— Oh, ça va, y a pas mort d'homme !

— Connard ! s'époumone Luz, par-dessus l'épaule de Thomas.

Marco s'apprête à s'élancer vers elle avec l'intention de la frapper, mais d'un geste étonnamment ferme, le grand type le retient du bras, se lève pour assurer sa prise et lui ordonne de se calmer :

— Laisse tomber.

— Comment elle me parle, cette gamine !

— Je suis pas une gamine, je te dis !

Le grand type se met entre Marco et elle, en lui tournant le dos.

— Elle en vaut pas la peine, d'accord ?

— Ouais, beugle la fille qui ouvre la bouche pour la première fois depuis leur arrivée. On a mieux à faire que se coller des hystériques de son genre.

Les cinq amis remballent rapidement leurs affaires. Marco attrape sa glacière vide et passe devant Luz en faisant mine de la lui jeter en plein visage. Il accompagne sa feinte d'un ricanement sinistre et recule d'un pas peu assuré en la montrant du doigt. Les quatre autres le rejoignent. Dernier de la troupe, le bellâtre lance un regard empreint de dédain à l'adresse de Thomas avant de disparaître avec ses copains cinquante mètres plus loin, derrière la falaise.

Thomas pousse un soupir de soulagement. Luz se demande une nouvelle fois si elle ne devrait pas rentrer, mais l'image de Vanier et l'absence de réaction de ses parents lui reviennent aussitôt à l'esprit. Elle réalise qu'elle leur en veut et qu'elle n'est pas encore prête à les affronter. Si seulement ils faisaient un peu plus attention à elle, tout serait tellement plus simple.

Elle ramasse un caillou et le jette de toutes ses forces contre la paroi la plus proche pour se calmer les nerfs. Le projectile ricoche sur la pierre et atterrit dans un trou d'eau où il s'enfonce dans une gerbe d'éclaboussures. Derrière eux, Manon s'est endormie, assommée par l'alcool. Les cigales ont cessé de chanter. Les grillons prennent le relais. L'air s'est considérablement refroidi et, à ce moment précis, Luz n'a qu'un seul désir : oublier, tout oublier et disparaître pour toujours.

4

Luz se penche sur Manon et remonte la serviette. Sa respiration est rapide mais régulière, ses lèvres sont légèrement entrouvertes, une veine palpite dans son cou et sa peau est perlée de sueur malgré la fraîcheur naissante. Luz frissonne en repensant à ce qui s'est passé. Si seulement tu étais moins conne, dit-elle à voix basse, on ne serait pas tous les trois dans la merde.

Elle sent la présence de Thomas, à quelques mètres derrière elle. Elle se retourne pour lui faire face.

— Merci pour tout à l'heure.

L'adolescent hausse les épaules.

— Pas de souci.

Il fixe ses pieds un moment, gêné par son regard insistant, ouvre la bouche pour dire quelque chose puis se ravise. Luz s'aperçoit qu'il a la chair de poule et que les poils de ses bras sont hérissés.

— Qu'est-ce que tu proposes ? dit Thomas.

Luz lève les yeux au ciel et se gratte la nuque d'un geste machinal de la main. Elle cherche un moment ce qu'elle pourrait bien lui répondre sans paraître stupide et finit par lui demander l'heure qu'il est.

— Presque sept heures.

Luz laisse échapper un juron. Thomas hoche la tête comme s'il approuvait son analyse de la situation.

— Je crois qu'on devrait la soutenir et essayer de rentrer, dit Luz.

Thomas arbore une moue dubitative :

— Elle ne tiendra jamais debout dans cet état.

— Si on l'attrape chacun par un bras, ça devrait le faire. Elle n'est pas si lourde.

Après une seconde d'hésitation, Thomas acquiesce. Il entreprend de rassembler ses affaires, puis il fourre les chaussures de Manon dans son sac. Luz ramasse sa robe et l'enfile. Serviette sur l'épaule, Thomas la regarde faire. Il attend qu'elle ait terminé et désigne Manon du menton :

— Et elle ?

Comme Luz le dévisage sans comprendre, il précise :

— On l'emmène comme ça ?

Luz comprend et pince les lèvres. Elle attrape les vêtements de Manon et s'accroupit à son chevet. Elle passe son bras dans le dos de l'adolescente et la soulève sans ménagement pour tenter de lui mettre son tee-shirt. Manon ne se réveille pas. Ses bras pendent comme deux poids morts et sa tête bascule sur le côté. Un filet de bave s'écoule de ses lèvres.

— Elle pèse une tonne ! râle Luz en la laissant retomber sans avoir réussi à enfiler ne serait-ce qu'une manche.

Elle se retourne vers Thomas et lui fait signe de venir l'aider.

— Soulève-la par-devant, je m'occupe du tee-shirt.

Thomas s'exécute. Il attrape Manon sous les aisselles et la tire en avant. Les muscles du torse de l'adolescente se raidissent puis se relâchent brusquement, et son buste vient se caler sur l'épaule de Thomas. Ignorant son embarras, Luz parvient à glisser un bras dans le tee-shirt, un deuxième, puis la tête, frôlant les mains de Thomas à chaque geste. Le short est plus simple à enfiler. Des relents de bile émanent de la serviette tachée d'auréoles ocre laissées par la bière. Luz la roule en boule et l'enfouit dans le sac de Manon qu'elle tend à Thomas. Elle se penche pour boutonner le short. Une odeur écœurante lui emplit les narines. Luz réalise que Manon s'est pissé dessus. Sans réfléchir, elle écarte Thomas du bras pour lui cacher sa découverte, puis elle termine fébrilement ce qu'elle a commencé, en retenant sa respiration. Manon ouvre un œil, un borborygme incompréhensible sort de sa bouche, suivi d'un ricanement sonore, puis elle tombe à nouveau dans les vapes.

— Tu crois qu'elle va se réveiller ? demande Thomas, soucieux.

Luz grimace.

— Ça va, c'est juste une cuite.

Comme elle en voit tous les dimanches ou presque chez elle.

Elle se relève, cale son sac à dos sur ses épaules, ajuste les bretelles et tape dans ses mains.

— On y va ?

Thomas lui répond par un large sourire. Il contourne Manon, lui saisit le bras droit et la soulève un peu. Luz se place sur la gauche, bande ses muscles et fait de même avec l'autre bras. Ils parviennent à la redresser sans trop d'efforts. À deux, la charge est moins lourde que prévu.

— Après toi, fait-elle en riant, comme s'il s'agissait d'un jeu.

Une petite étincelle s'allume dans les yeux de Thomas, qui lui donne la force d'avancer.

*

* *

Le premier obstacle sur lequel Luz et Thomas butent est le rocher qu'il leur a fallu escalader pour parvenir à leur lieu de baignade. Trois mètres de roche à franchir. Un jeu d'enfant à mains nues, mais une montagne pour deux adolescents avec un corps inanimé sur les bras.

Luz jette un œil à la rivière.

— Peut-être qu'en passant par l'eau…

Thomas secoue la tête :

— Trop dangereux. Il y a beaucoup de courant.

— Et en longeant la paroi ?

— Je crois pas.

Ils s'avancent près du bord pour inspecter les lieux.

— La bande est étroite et il y a au moins un mètre de fond.

— En avançant doucement ?

— Imagine qu'on glisse et qu'on la lâche.

Luz acquiesce. Son attention se reporte sur la paroi.

— Le problème, c'est de la monter aussi haut à deux.

Thomas suit son regard et fronce les sourcils.

— Je monte le premier. Une fois là-haut, je m'allonge sur le ventre, et tu la maintiens debout, les bras en l'air. Ensuite, je la soulève.

— J'y arriverai jamais seule. Et si on faisait l'inverse ?

— Tu ne pourras pas la hisser jusqu'au sommet.

— Tu pousseras d'en bas !

Thomas réfléchit un instant avant de répondre. L'effort le fait transpirer, ce qui lui donne un air dur qui plaît à l'adolescente. Elle croit déceler un léger tremblement sur son visage, et ses yeux brillent d'un drôle d'éclat. Peut-être le pétard de tout à l'heure. Thomas a beaucoup bu, aussi. L'essentiel, c'est de sortir Manon de là. Plus loin, ils rencontreront probablement un baigneur qui leur donnera un coup de main.

Après discussion, ils choisissent finalement la solution proposée par Luz. Elle laisse Manon dans les bras de Thomas et entame l'ascension. Un instant plus tard, elle est sur la plate-forme, les bras tendus vers lui. Thomas serre les dents et tente de lever Manon le plus haut possible. Luz se penche davantage, tend la main droite mais ses doigts ne font qu'effleurer les cheveux de l'adolescente.

— Plus haut !

— Je fais ce que je peux, gémit Thomas qui s'efforce de ne pas lâcher.

— Essaie de lever un de ses bras !

Il stabilise ses jambes, prend appui contre la paroi et soulève le corps de Manon en un ahanement rauque, mais la gravité est plus forte que lui et il ne gagne qu'une dizaine de centimètres supplémentaires.

— Merde !

Le choc sort partiellement Manon de sa léthargie éthylique. Mue par un réflexe, elle panique en réalisant que ses pieds ne touchent plus le sol. Le temps de comprendre ce qui lui arrive et pourquoi elle se retrouve là, elle agite bras et jambes et chute lourdement, entraînant Thomas avec elle.

— Qu'est-ce que vous foutez ?

En guise de réponse, Thomas émet un grognement et repousse Manon pour se dégager. Il se relève en se tenant le dos.

— Comment elle va ?

— J'en sais rien, mais elle m'a bousillé le dos.

Manon titube, à quatre pattes au milieu des galets. Chaque mouvement lui arrache un cri de douleur.

— Elle saigne ! s'écrie Luz.

— Elle n'a rien !

— Je vois du sang, regarde !

Thomas se retourne et s'accroupit près de Manon qui ne semble même pas s'apercevoir de sa présence.

— Elle s'est juste écorché les genoux, rien de grave.

— Pourquoi elle braille, alors ?

— Elle est bourrée, c'est tout.

Les cris de l'adolescente se muent soudain en ricanements, puis en brefs éclats de rire, comme si elle avait entendu sa remarque.

— Tu vois !

Luz recule sur la dalle et se remet en position pour ne pas glisser à son tour.

— Allez, on recommence !

Thomas se frotte la tête.

— Laisse tomber, on n'y arrivera jamais.

— Maintenant qu'elle est réveillée, ça sera plus simple.

Manon tente à présent de se relever, en vain. Elle peine à retrouver l'équilibre et ses jambes se dérobent sous elle à chaque tentative.

— Tu trouves ? ironise Thomas en écartant les bras.

Luz grimace.

— Tu vois une autre solution ?

— Oui, prendre son portable et appeler ses parents pour qu'ils viennent la chercher.

— Tu sais bien que sa mère ferait une crise pas possible si elle apprenait qu'elle est ivre morte !

— Et alors, c'est sa fille, pas la mienne !

— Et tes parents ?

— Appelle chez toi, plutôt !

Luz se referme.

— Impossible, siffle-t-elle.

Thomas la dévisage un instant, surpris par sa réaction, mais il se contente de hocher la tête.

— On n'est pas beaucoup plus avancés.

Il s'adosse contre la paroi pour reprendre son souffle et passer en revue les écorchures et les contusions occasionnées par leur chute.

— Je crois qu'il serait préférable d'attendre qu'elle ait cuvé.

Luz se raidit.

— Tu déconnes, j'espère !

Thomas ne répond pas, occupé à inspecter une longue estafilade qui court de son coude jusqu'à son poignet.

— On ne va pas rester deux heures ici ou même plus !

— T'as une meilleure idée ?

Luz se tait, passant toutes les hypothèses en revue. Elle pense à sa mère qui s'inquiétera si elle ne revient pas avant la nuit. Elle devine les grosses mains de son père qui s'agiteront frénétiquement au-dessus de sa tête, dopées au pastis et à la gueule de bois. Elle imagine les remarques de Vanier, qui traînera forcément dans le coin et qui profitera de l'engueulade pour conforter sa position sur elle. Elle sait que cette situation n'est pas à son avantage. Elle sait aussi qu'il ne tient qu'à elle de planter là Thomas et cette gourde de Manon, et de rentrer chez elle, en évitant cris, claques, sermon et punition. Après tout, ils sont venus seuls sur leur scooter, elle n'a rien à voir avec eux. Il suffirait qu'elle regagne sa maison en courant puis qu'elle prévienne leurs parents. Le reste ne la regarde déjà plus.

Luz baisse les yeux, jette un œil à Thomas et comprend aussitôt qu'elle restera avec lui parce que cette situation, aussi merdique qu'elle soit, vaut mille fois mieux qu'une bande d'ivrognes cloués sous un mûrier. Thomas a pris sa défense, tout à l'heure, devant ses amis. Elle hésite encore une poignée de secondes, bercée par le flottement de ses pensées, mais sa décision est déjà prise. Elle s'assoit sur la dalle, les pieds dans le vide, et saute rejoindre Thomas et Manon.

— J'ai une idée, claironne-t-elle en se redressant.

— Laquelle ?

— On continue dans l'autre sens !

— Quoi ?!

Thomas tourne la tête en direction de l'endroit où ses amis ont disparu quelques minutes plus tôt. L'ombre s'étend à présent sur l'ensemble de la vallée. Le soleil flirte avec le sommet des falaises, encore haut dans le ciel, mais ses rayons n'atteindront plus la rivière avant le lendemain. Un moustique vient siffler près de son oreille.

— On remonte la rivière au lieu de la descendre.

— Tu parles d'une trouvaille !

— Les gorges de la Volte sont derrière nous. En haut, d'après ce que j'ai pu voir, il n'y a que des berges et les eaux sont moins profondes. Ça sera plus simple de porter Manon.

— Et après ?

— On finira bien par tomber sur un chemin.

— Je suis jamais monté aussi haut.

— Raison de plus pour essayer.

Thomas se donne une tape sur la tempe pour tenter d'écraser l'insecte qui l'agace, déjà rejoint par plusieurs moucherons minuscules qui volettent au-dessus de sa tête et de celle de Luz.

— On va se faire bouffer par les moustiques d'ici peu !

Luz se penche pour attraper le bras gauche de Manon et désigne le droit à Thomas.

— Le coin va bientôt être infesté. Plus on attendra...

— Et si on tombe sur les autres ?

Une ombre passe sur le visage de Luz, puis s'évapore aussi vite.

— On avisera.

— Et mon scooter ?

— Tu m'emmerdes avec ta bécane ! Tu la retrouveras plus tard.

— Ça va nous faire un sacré détour.

— On y va, oui ou non ?

Thomas se donne une nouvelle tape et s'exécute à contrecœur.

— T'es vraiment une drôle de nana, marmonne-t-il en regardant Luz.

Puis il soulève Manon.

*

* *

La solution proposée par Luz s'avère être la bonne. Une fois passé l'entrelacs de vasques, de trous d'eau et de ruisselets courant à la surface des dalles de granit, ils atteignent rapidement une zone où le cours d'eau se calme et où les rives s'adoucissent en pentes herbeuses et en pierriers aisément franchissables. Les impressionnantes falaises des gorges de la Volte cèdent la place à des collines couvertes de saules et d'acacias. Manon bat des jambes inutilement entre eux deux et ne leur est d'aucun secours pour avancer, mais ils progressent sur plus d'un kilomètre sans rencontrer le moindre obstacle.

Alors qu'ils approchent d'un endroit semblable à un marécage dans lequel la rivière s'étire au milieu des ajoncs, Thomas est le premier à demander une pause. Luz proteste un peu pour la forme, mais elle aussi commence à fatiguer et elle finit par accepter. Ils déposent Manon contre un talus, dans l'herbe, et s'écartent d'elle pour étirer leurs muscles endoloris par l'effort.

— J'ai soif, dit Thomas.

La gorge de Luz est sèche également, mais elle s'abstient de le préciser. Elle pense à la bouteille de mirabelle, à présent cassée, et se maudit de l'avoir préférée à une gourde d'eau.

— Tu crois qu'elle est potable ? demande Thomas en désignant la rivière du menton.

Luz secoue la tête et pointe la mousse brun-ocre qui tapisse la surface de l'eau, compressée entre les ajoncs et les galets quelques mètres sur leur gauche.

— À toi de voir.

Thomas grimace de dégoût et fait claquer sa langue sur son palais.

— J'ai vraiment soif.

— T'avais qu'à moins picoler de bière.

— J'ai pas bu tant que ça.

Luz soupire, quitte ses sandales et s'avance dans l'eau en remontant légèrement les pans de sa robe pour ne pas la mouiller. Elle se retourne et dévisage Thomas.

— De toute façon, moi aussi j'ai soif.

L'adolescent l'observe sans rien dire. Il jette un œil à Manon, puis quitte ses baskets et la rejoint. Leurs bras se frôlent, Luz retire sa main, embarrassée.

— Tu crois qu'on va s'en sortir…

Mais Thomas ne lui laisse pas terminer sa phrase. Il se penche au-dessus d'elle, approche son visage du sien et l'embrasse d'un mouvement maladroit. Leurs doigts se lient, la sensation de soif disparaît. Un nuage de moucherons s'attarde autour d'eux. Luz se dit que les bonnes choses ont un prix, sans trop savoir pourquoi une idée aussi stupide lui vient à l'esprit au moment où elle se blottit contre son torse. Son tee-shirt est humide. L'odeur de transpiration dans le cou de Thomas n'est pas désagréable. Le tissu de sa robe ne lui a jamais paru aussi fin. Elle relève la tête et lui rend son baiser en prenant son temps.

*

* *

Quand Thomas et Luz se détachent à regret, l'ombre a encore grimpé sur les collines exposées à l'ouest. Ni l'un ni l'autre n'en ont envie, mais il faut avancer avant que la nuit tombe et qu'ils se retrouvent coincés sur les rives de la Volte sans autre choix que d'attendre l'aube. Sans un mot, ils regagnent le bord, renfilent leurs chaussures et reprennent leur marche, à nouveau séparés par le corps tantôt inerte, tantôt hésitant de Manon. Échanges de regards complices par-dessus la tête de leur amie. Il est près de huit heures du soir et Luz réalise qu'à cet instant précis elle se moque des cris de sa mère, des hurlements de son père et des gloussements de Vanier. Malgré le fardeau que représente Manon, elle ne pense qu'à elle-même et cela lui fait du bien.

Ce moment d'insouciance ne dure pas longtemps. Deux cents mètres plus loin, Thomas et Luz sont forcés de se déchausser et de progresser dans le cours d'eau. Des rochers affleurent çà et là sur les bords, et la rive disparaît au profit d'énormes dalles de pierre trop raides pour être franchies à trois de front.

Sableux au début, le fond de l'eau se transforme progressivement en une bouillie grisâtre, mélange de vase, d'algues et de sable dans lequel ils s'enfoncent par moments jusqu'aux genoux. La fraîcheur toute relative de l'eau ne suffit pas à les empêcher de transpirer. Plus haut, la température doit encore avoisiner les trente degrés. De lourds nuages de chaleur s'amoncellent le long des crêtes, mais le reste du ciel demeure d'un bleu presque irréel. Privée des rayons du soleil, l'eau prend une consistance huileuse. À la surface, des nuances de blancs et de gris dansent en vaguelettes chaotiques, révélant par moments des teintes plus sombres, proches du noir. Des araignées d'eau s'enfuient sur leur passage, donnant l'impression de courir sur un miroir mouvant. Luz respire de plus en plus difficilement. À chaque pas, le poids de Manon semble s'accroître. Elle espérait que le contact de l'eau la réveillerait, mais à part des soubresauts et des marmonnements ininterrompus, l'adolescente est encore submergée par les effets de l'alcool. Thomas manifeste aussi des signes de fatigue, mais il ne se plaint pas et continue d'avancer d'un pas régulier.

Après quinze minutes d'efforts, ils débouchent sur une large étendue d'eau de faible profondeur. Quelques buissons et une poignée de massifs d'ajoncs sur leur droite. Un immense aulne dont les racines émergent de l'eau projette ses branches au-dessus de la surface. Une plage de roches effilées et de sable gris s'étale sur la partie inférieure. Mais une succession de falaises infranchissables les cernent. La trouée béante offerte par la rivière, à trois ou quatre mètres de hauteur face à eux, semble être la seule issue possible.

— Une cascade, dit Thomas.

— Merde, souffle Luz. Comment est-ce qu'on va sortir de là ?

*

* *

Luz retire une nouvelle fois sa robe et s'enfonce dans l'eau pour faire le tour de l'endroit, à la recherche d'un passage ou d'un sentier. Elle dit à Thomas de rester auprès de Manon. Épuisé, l'adolescent ne proteste pas. Elle contourne la plage par la droite et longe les falaises qui forment un cirque presque parfait et grimpent sur des hauteurs pouvant atteindre les vingt ou trente mètres.

Aucun espoir de ce côté-là, pense Luz en poursuivant à flanc de rocher, prenant soin de ne pas poser le pied dans un trou d'eau et inspectant la surface à la recherche d'une vipère d'eau ou de tout mouvement suspect. Face à elle, le même spectacle s'étend jusqu'à l'endroit où elle a laissé Thomas et Manon. Elle lève les yeux, inspecte le rocher, mais ne voit aucune fissure par laquelle elle pourrait se faufiler.

— Il y a forcément un passage, murmure-t-elle pour ne pas céder à la panique. Si les autres sont passés, nous devons être capables de le faire aussi.

Elle crache contre la roche et repart. Arrivée à proximité de la cascade, elle s'enfonce brusquement de plusieurs centimètres, jusqu'au bassin, puis à hauteur de poitrine. Elle frémit à l'idée de toutes les bestioles grouillant sous les galets qu'elle déplace en marchant et serre les dents. Son rythme cardiaque s'accélère, elle bloque sa respiration, tâte le fond des pieds et comprend qu'elle ne descendra pas plus bas et qu'elle ne sera pas forcée de nager.

Elle se remet en route en frissonnant. L'eau est de plus en plus sombre, presque noire par endroits. Sa gorge est irritée d'avoir trop soif et sa langue sèche.

Elle atteint la cascade quelques secondes plus tard. Le débit est moins important qu'elle ne le supposait, mais elle s'aperçoit vite qu'il est impossible de passer par là. La rivière s'écoule d'un petit promontoire situé trois mètres au-dessus de sa tête. En admettant qu'elle puisse grimper la paroi, pourtant verticale et rendue glissante par l'eau et la mousse, elle devrait ensuite faire face à un aplomb de presque deux mètres, en plein courant, ce qui serait inenvisageable, même pour une fille sportive et dégourdie comme elle. Soulever Manon là-dedans, même avec une corde, est impensable.

— C'est pas vrai ! gémit-elle, refusant de céder à la panique.

Elle tourne brièvement la tête vers Thomas qui la suit du regard depuis le début de son exploration. Il lève les bras en l'air, d'un air de lui demander si elle a trouvé quelque chose, mais elle secoue la tête, désolée. Elle jette un coup d'œil découragé alentour, espérant un miracle qui ne vient pas, puis elle revient à ses observations.

Refoulant sa peur du noir, elle plonge sous la cascade et regagne l'autre côté en quatre brasses aussi vite qu'elle peut, des cohortes imaginaires de serpents d'eau à ses trousses. À cet endroit, l'eau est plus fraîche, comme si la pierre la protégeait de la chaleur de juillet.

Elle observe un moment la paroi au-dessus d'elle quand elle aperçoit, planté dans une minuscule fissure à hauteur de son visage, un vieux piton rouillé. Elle s'avance pour le regarder de plus près et constate que quatre autres fixations du même genre, plus ou moins anciennes, se succèdent le long du rocher jusqu'au sommet. Le deuxième brille étrangement. Elle se hisse hors de l'eau, en prenant appui sur un petit rocher, et grimpe suffisamment haut pour l'atteindre.

L'éclat de métal qu'elle a vu d'en bas est un morceau de piton moins rouillé que les autres, comme si quelqu'un l'avait frotté récemment avec de la pierre ou un autre morceau de métal.

Ils sont passés par là, pense-t-elle aussitôt, comme s'il s'agissait d'une évidence. Avec des cordes et des mousquetons, c'est l'enfance de l'art.

Or, ni elle ni Manon ni Thomas ne sont équipés.

Une impasse.

Un cul-de-sac.

La seule possibilité est de revenir sur leurs pas.

À la simple évocation du chemin à parcourir en sens inverse, de la progression dans les eaux boueuses et du poids de Manon sur ses épaules déjà percluses de courbatures et de douleurs tendineuses, Luz sent des larmes poindre sous ses paupières.

— Il y a forcément une autre solution, dit-elle à haute voix pour se donner du courage.

Mais aussi loin qu'elle cherche, elle ne voit rien. Ses pensées s'emmêlent. L'alcool, les mains baladeuses de Vanier, le baiser de

Thomas, la danse macabre des dimanches en famille et la poisse qui lui colle aux basques depuis le début de la journée.

Pourquoi est-ce que je n'ai jamais de chance ? pense-t-elle, agrippée à la paroi. Rien qu'une fois. Une toute petite fois. Même quand je rencontre un beau mec que Manon, pour une fois, ne peut pas me piquer, il faut que le destin se débrouille pour me mettre des bâtons dans les roues.

— Une toute petite fois, s'il vous plaît, supplie-t-elle en poussant un profond soupir.

Dépitée, Luz tape la paroi du plat de la main de toutes ses forces pour laisser se consumer sa rage. Puis elle se laisse glisser dans l'eau et rejoint la rive dans un crawl presque parfait.

*

* *

— En résumé, on est coincés, c'est ça ?

Assis aux pieds de Manon, Thomas sort un paquet de cigarettes de la poche de son sac et s'en allume une. Il tire une bouffée qu'il inspire à moitié. Son geste agace Luz qui balaie un moustique d'un revers de la main et vient se planter devant lui.

— Ça n'a pas l'air de t'emmerder plus que ça !

Thomas hausse les sourcils comme pour signifier que même s'il avait une autre opinion sur le sujet, cela ne changerait pas grand-chose à leur situation. Il sort son portable, consulte rapidement l'écran.

— Mon portable ne passe toujours pas... Je peux rentrer prévenir mes parents, dit-il, mais je ne serai pas de retour avant la nuit tombée et ça signifie que tu devras rester seule avec elle ici tout ce temps.

Excédée, Luz mime le geste de donner une claque à Manon.

— Si seulement elle se réveillait !

Sans s'émouvoir de sa détresse, Thomas consulte sa montre.

— Note qu'elle ne devrait pas tarder. Ça va bientôt faire deux heures qu'elle roupille.

— Et si c'était plus grave qu'on ne le croyait ?

— Je ne...

— Et s'il lui restait de l'eau dans les poumons ou quelque chose dans le genre. Peut-être qu'il ne lui reste plus longtemps à vivre. Peut-être qu'on devrait s'inquiéter. Peut-être que c'est déjà trop tard.

Thomas sourit et lui fait signe de se rapprocher.

— Écoute.

Luz se penche au-dessus de Manon. Un léger ronflement lui parvient. La respiration de l'adolescente est parfaitement régulière.

— Et pendant qu'on se fait suer sang et eau, Manon, elle dort.

— Aucun doute là-dessus.

— Une cuite.

— Rien qu'une cuite, complète Thomas, une pointe d'amusement dans la voix.

La tentation de laisser tomber et de rentrer chez elle sans les attendre lui traverse une nouvelle fois l'esprit, mais Luz a encore sur les lèvres le goût du baiser de Thomas et elle comprend qu'elle n'a plus le choix. Ils sont bel et bien cloués ici en attendant que Manon retrouve ses esprits.

— Merde, merde, merde et merde ! hurle-t-elle à pleins poumons en se redressant et courant vers la rivière.

Son cri se répercute contre les falaises et lui revient en écho, déformé. Elle frissonne et réalise qu'elle est encore en maillot de bain, ce maudit maillot deux pièces qu'elle réclame depuis des mois à sa mère et qui ne lui a rapporté que des ennuis depuis qu'elle l'a enfilé.

Une main posée sur son épaule interrompt le fil de ses pensées. Elle se retourne brusquement, des larmes plein les yeux, pour faire face à Thomas.

— Tu veux rentrer ?

Luz secoue la tête.

— Tu sais, je comprendrais très bien.

— Ça serait pas très sympa de ma part.

— Tes parents vont s'inquiéter.

— Mes parents ?

Luz réprime un rire nerveux.

— Ils se foutent complètement que je rentre à l'heure ou pas.

Thomas fait une moue dubitative et tire deux lattes sur sa cigarette sans avaler la fumée. Luz se retient de lui dire que des parents qui laissent un voisin tripoter leur fille dans la salle de bains n'ont aucune leçon de morale à donner. À son avis, qu'ils se fassent un peu de mouron leur fera le plus grand bien.

Elle change de sujet :

— Et les tiens ?

— Ils ont l'habitude.

Luz devine qu'il ment, mais elle ne fait pas de commentaire. Comme elle, Thomas a peut-être ses raisons. Ce n'est pas à elle de le juger. Ça leur fait au moins un point commun.

Elle sourit. Il l'attire à lui, elle se laisse faire. Il jette au loin son mégot encore fumant et l'embrasse. Un goût de cendre froide, l'odeur âcre de sa transpiration. Sa langue est râpeuse. Luz plisse le nez et ne trouve pas ça aussi agréable que tout à l'heure. Elle repousse gentiment Thomas. Il se méprend sur son geste et tente de l'embrasser à nouveau. Elle détourne la tête sans s'écarter de lui. Il insiste silencieusement. Son étreinte sur son bras se raffermit et ses doigts lui font un peu mal. L'autre main de Thomas glisse le long de son dos encore mouillé jusqu'à son slip de bain. Luz se crispe un peu et retient sa respiration. Il n'ose pas descendre plus bas. Il embrasse sa joue, puis sa pommette, et glisse jusqu'à sa bouche. Luz n'a plus très envie, mais elle le laisse faire pour qu'il ne le prenne pas mal.

Au bout d'une minute interminable, elle prétexte une sensation de froid, se défait de lui et regagne ses affaires. Le maillot de bain encore trempé, elle renfile sa robe plus vite qu'elle n'aimerait le laisser montrer, ferme ses sandales et recouvre ses épaules d'une serviette sans prendre la peine de se peigner. Un coup d'œil à Manon et elle se dit qu'à peu de chose près elle doit avoir la même allure.

Thomas se rallume une cigarette pour se donner une contenance, puis il se met à lancer des pierres plates à la surface de l'eau, sans vraiment parvenir à faire des ricochets.

Luz voudrait bien que Manon se réveille enfin et qu'ils puissent rentrer chacun chez soi. Trois heures plus tôt, elle aurait tout donné pour se retrouver coincée au crépuscule avec un type de seize ans, sur une plage de la Volte, mais à présent elle n'est plus aussi sûre d'elle. Si seulement sa tante Marie avait accepté de l'accompagner, les choses auraient été différentes et rien de tout cela ne serait arrivé.

Elle demande une cigarette à Thomas, qui lui tend le paquet et le briquet, puis elle s'assoit près de Manon, ramène ses cuisses contre sa poitrine et pose la tête sur ses genoux. Elle s'efforce de recracher la fumée sans tousser. La présence de Manon la rassure. Elle ferme les yeux un instant.

5

Luz tripote le mégot de sa cigarette du bout des doigts sans se décider à crever l'abcès du malaise qui s'est installé entre Thomas et elle. L'heure tourne et Manon ne se réveille toujours pas. Dans moins d'une heure, il fera nuit. Thomas est accroupi sur la berge et lui jette de temps à autre de brefs regards en coin. Luz meurt d'envie de lui demander l'heure qu'il est, mais se retient. Si seulement ses parents avaient accepté de lui acheter un portable... Cette pensée attise sa colère. Ça leur fera les pieds, se dit-elle en serrant les dents. La prochaine fois, peut-être qu'ils réfléchiront avant de refuser.

Autour d'eux, la lumière s'est teintée d'ocre et de brun. Les falaises semblent s'être resserrées, comme si elles voulaient prévenir toute tentative d'évasion. Là-haut, le ciel est plus étroit. Une boule dans la gorge, Luz frissonne et remonte la serviette sur ses épaules. Elle baisse le regard pour que la sensation de vertige s'évacue. Des moustiques et des moucherons courent au-dessus de l'eau en spirales stupides. La rivière n'est plus qu'un miroir dans lequel se reflètent ciel et rochers, à peine troublé par le glissement silencieux des araignées d'eau. Des reflets noirs inquiétants dansent çà et là à sa surface. Des ombres se dessinent dans les profondeurs, puis disparaissent comme si elles n'avaient jamais existé. La tête d'une vipère d'eau émerge à deux mètres de la cascade, prisonnière, croirait-on, d'une plaque de glace translucide, avant de replonger vers un mystérieux refuge sous-marin.

Sur la rive opposée, un canard s'extrait d'un bosquet de roseaux et s'avance prudemment dans l'eau, suivi de deux canetons au plumage foncé. Luz voit la main de Thomas se crisper sur un galet. Elle se redresse précipitamment et tape des mains. Le bruit, conjugué à son mouvement brusque, fait fuir les volatiles. Elle sourit, puis grimace. Elle s'est relevée trop vite et sa tête tourne. Les falaises dansent un instant devant ses yeux, les crêtes ne sont plus qu'une ligne floue. Quand la netteté revient enfin, Thomas est derrière elle.

— Ça va ?

Luz sursaute mais ne répond pas. Les mains de l'adolescent se faufilent autour de sa taille, et sa tête vient se nicher dans son cou. Une odeur de tabac froid lui emplit les narines. Elle se raidit. Thomas se colle un peu plus contre son dos. La boule de sa gorge descend dans son ventre. Elle proteste :

— J'ai pas envie.

Elle tente de se dégager, mais Thomas ne desserre pas son étreinte, comme s'il s'agissait d'un jeu.

— Je ne plaisante pas, dit-elle d'une voix qu'elle espère suffisamment cassante pour le dissuader de continuer.

— Moi non plus, répond-il en l'embrassant dans le cou.

— Arrête !

Luz se tortille sans pour autant parvenir à se dégager. Thomas la fait pivoter et ils se retrouvent face à face.

— Qu'est-ce qui te prend ?

— Oh ça va, quoi ! On est bien, non ?

Un sourire amusé se dessine sur le visage du jeune homme. Il l'attire des deux mains vers lui. Luz s'apprête à lui dire de lui fiche la paix quand elle sent le début d'une érection contre son bassin. La figure rougeaude de Frédéric Vanier vient se superposer à celle de Thomas, elle sent la panique la gagner. Elle se cambre vers l'arrière, incapable de proférer le moindre son, et tente de repousser Thomas qui se penche vers elle et plaque ses lèvres contre les siennes. Luz serre les dents, et lui assène une claque. Thomas pousse un cri, la rejette et s'écarte, une main sur sa joue. Tremblante, Luz recule de quelques pas et se retrouve les pieds dans l'eau, tâchant d'évacuer le nom de Vanier de son crâne.

— Je t'avais dit d'arrêter, merde !

Thomas relève la tête vers elle. Ses yeux brillent et cela effraie Luz. Paniquée, elle fait un nouveau pas en arrière, glisse sur un galet et s'affale de tout son long dans une gerbe d'eau.

Elle se relève en crachant, un goût de vase dans la bouche. Son coude droit la lance. Elle redresse la tête, juste à temps pour voir Thomas fondre sur elle.

Elle veut crier : « Arrête ! »

Mais rien ne sort de sa gorge.

Thomas s'avance, comme si rien ne pouvait l'en empêcher. À cet instant précis, Luz sait ce qu'il veut et cela lui fait peur plus que tout. Il se rapproche. Seul un mètre les sépare. Les yeux de l'adolescent lancent des éclairs. Son désir est presque palpable. Luz cherche un galet ou un bout de bois du regard mais n'en voit aucun à portée de main. Elle se tasse sur elle-même et prie intérieurement qu'un miracle la sorte de là.

Thomas est sur elle et la plaque contre la roche froide et râpeuse. Son souffle est court.

— S'il te plaît, supplie-t-il.

Il enfouit sa tête dans son cou et embrasse sa peau avec avidité.

— S'il te plaît...

Il arrache la serviette de ses épaules et les caresse sans cesser ses baisers. Il souffle comme un bœuf, son regard est vitreux. Sa main descend sur sa robe et tire, tire encore.

Luz s'immobilise, tétanisée, à présent incapable de réagir. Son cœur bat à tout rompre dans sa poitrine. Elle tente de réfléchir, mais ses pensées sont confuses et ses yeux se nappent d'un brouillard épais qui l'empêche de voir clairement son agresseur.

— S'il te plaît, murmure-t-il une nouvelle fois.

Luz cède malgré elle. Le craquement sec d'un tissu que l'on déchire lui parvient. Sa robe glisse le long de son corps. Elle est trempée de la tête aux pieds et le visage de Thomas est à présent enfoui contre ses seins. Elle veut appeler à l'aide mais aucun son ne franchit sa gorge. Thomas lui parle, mais elle ne comprend pas.

Soudain, les bretelles de son soutien-gorge lâchent, libérant sa poitrine. Luz retient sa respiration. Elle ne voit ni n'entend plus rien. Elle grelotte, elle transpire. La rivière et les falaises n'existent plus. L'eau a cessé de couler en même temps que ses larmes.

Le ciel s'est obscurci jusqu'à devenir menaçant. Un sifflement strident s'immisce dans sa tête.

Au bout d'un laps de temps indéfini, Luz perçoit vaguement un hurlement, suivi d'un choc, d'un bruit mat et d'un nouveau cri, presque étouffé. Un poids lui écrase la poitrine, quelque chose ou quelqu'un fait pression sur sa cage thoracique, l'étau se desserre. Une petite voix entêtante lui souffle que son maillot de bain est déchiré et la pensée stupide de la colère de sa mère quand elle s'en apercevra lui traverse l'esprit. Ensuite, elle entend Manon lui parler d'une voix douce. Puis plus rien.

Le silence.

Luz ferme les yeux.

— Je ne voulais pas, dit-elle dans un souffle avant que le monde ne s'arrête de tourner.

*

* *

Une voix, lointaine :

— Qu'est-ce que j'ai fait ?

Luz reprend peu à peu connaissance et regarde autour d'elle.

Le soleil est couché, mais il fait encore suffisamment clair. La Volte et les falaises ont repris leur place. Elle chasse de la main une nuée de moucherons, en vain. Elle décide qu'elle s'en moque. Elle tourne la tête et s'aperçoit que l'emplacement où se tenait allongée Manon est vide. L'information se fraie lentement un chemin jusqu'à son cerveau.

Toujours cette petite voix, lancinante, semblable à une plainte :

— Qu'est-ce que j'ai fait ?

Puis vient la douleur. Écorchures au dos, sur les coudes, les avant-bras, le genou. Lèvre et tempes enflées. Le sang qui fait *boum, boum, boum* contre les parois du crâne, et le cœur qui peine à retrouver un rythme normal. Un poids d'une tonne sur les jambes.

La voix, plus proche :

— Qu'est-ce que j'ai fait ?

Luz réalise que Thomas est allongé sur elle et qu'elle est presque nue. Tout lui revient d'un seul coup. Le désir de l'adolescent, ses mains, ses caresses, sa violence incontrôlable, et avant lui Vanier, la salle de bains et la table dans la cour de la maison, sous le mûrier.

Dégoûtée, elle le repousse des deux mains. Son corps est inerte et ses muscles mous. Il bascule sur le côté sans opposer la moindre résistance. Elle s'écarte aussitôt. Le nœud dans son estomac se défait brutalement et un flot brûlant de bile et de restes du repas de midi jaillit de sa gorge.

Une fois vidée, elle relève la tête et se frotte la bouche du revers de la main. Elle cherche ses vêtements des yeux, les trouve en boule sur un rocher plat au bord, maculés de terre et de sable.

— Mon maillot de bain…

Son soutien-gorge est inutilisable, mais l'une des bretelles de sa robe est encore intacte et l'autre devrait tenir avec un simple nœud. Elle procède à une réparation de fortune et l'enfile aussitôt, presque soulagée du contact du tissu sur sa peau.

Son regard tombe à nouveau sur la serviette vide de Manon. Elle se demande une seconde où peut être l'adolescente, quand elle l'aperçoit, en retrait sur sa droite, qui psalmodie :

— Qu'est-ce que j'ai fait ?

Luz se lève et se rapproche, à présent heureuse de la voir. Manon est à genoux face à un gros galet taché de sang, et des larmes coulent en continu sur ses joues. Luz regarde un instant les marbrures rouges, puis elle tourne la tête vers Thomas et aperçoit enfin la plaie à l'arrière de son crâne et le sang séché, et elle comprend.

Elle s'approche, tend le bras et touche la blessure du bout des doigts.

— C'est toi qui l'as frappé avec ce caillou ?

— Je l'ai tué.

— Mais non ! dit Luz qui se demande si son amie ne dit pas vrai.

— Ça fait un quart d'heure qu'il ne bouge plus.

Luz se penche et cherche le pouls de Thomas.

— Tu criais tellement fort, j'ai eu très peur, alors j'ai cherché quelque chose pour l'arrêter. Je me suis retrouvée avec cette pierre dans les mains et j'ai frappé, frappé, deux ou trois fois. Il s'est écroulé et depuis il n'a pas bougé. Oh merde, j'ai la tête qui tourne.

— Tu étais saoule, dit Luz en s'accroupissant pour plaquer son oreille sur la poitrine du jeune homme.

— J'ai trop bu et voilà le résultat !

— Attends...

— Je l'ai tué.

— Tais-toi, je crois que...

— Qu'est-ce que je vais devenir ?

Luz lève la main et lui fait signe de se taire. Le cœur de Thomas bat peut-être, elle n'en est pas sûre.

— Il est pas mort.

Manon la dévisage, incrédule.

— Le sang...

Elle tend ses mains, preuve à l'appui, et montre du doigt l'arrière du crâne de Thomas.

— Il est pas mort, je te dis, répète Luz comme pour se persuader elle-même.

Mais Manon ne la croit pas, et Luz est elle aussi traversée par un doute monstrueux. Elle s'écarte du corps de Thomas d'un mouvement sec et rejoint Manon qu'elle prend dans ses bras, plus pour se réfugier près d'elle que pour la protéger de ses actes.

— Il faut prévenir les secours, dit Luz.

— Non, non !

— On ne peut pas le laisser là.

Luz ne peut se retenir de penser que Thomas n'a que ce qu'il mérite. Pourtant, elle dit :

— S'il est encore en vie, ça serait trop grave de l'abandonner.

— Me laisse pas là toute seule.

— Tu viens avec moi.

Manon titube, pas très sûre de pouvoir tenir debout et marcher sur plusieurs kilomètres.

— Tu y arriveras.

Son amie hoche la tête sans conviction. Elle tient à peine sur ses jambes.

— Je sais pas.

— Je t'aiderai.

— Et lui ?

Luz lance un coup d'œil en direction de Thomas.

— On ne peut pas le transporter, de toute façon.

— Il ne risque rien ici ?

L'adolescente se retient de répliquer qu'il ne peut rien lui arriver de pire que d'être mort. Un frisson glacé remonte le long de sa colonne vertébrale.

— J'ai peur, dit-elle.

— Moi aussi.

Luz se dit qu'elle devrait vérifier si Thomas respire, se pencher sur lui et coller son oreille contre sa poitrine pour écouter les battements de son cœur. Elle se sent coupable de ce qui est arrivé et, en même temps, elle lui en veut tellement pour ce qu'il a fait qu'elle est incapable de le plaindre, aussi horrible que soit ce sentiment.

Mieux vaut ne pas y penser.

Elle enchaîne, pour masquer son angoisse :

— Tu sais où il range les clefs de son scooter ?

Manon la regarde sans comprendre.

— Les clefs ! insiste Luz. Le scooter !

— Dans mon sac.

Les deux amies éclatent en sanglots.

— Je regrette, hoquette Luz à l'oreille de Manon qui écoute sans comprendre, l'esprit encore perturbé par l'alcool. Je regrette tellement. Pour l'alcool, pour Thomas, pour mon maillot, pour toi.

*

* *

Le vent se lève enfin, qui balaie leurs doutes et sèche leurs larmes. Luz se détache de Manon, vide son sac à la recherche des clefs du scooter qu'elle finit par trouver dans une poche intérieure. Elle remet tout en place, glisse les clefs dans son propre sac par sécurité, puis elle aide l'adolescente à remettre ses sandales.

Une bourrasque de vent chaud plus puissante que les autres les presse de ramasser leurs affaires et de redescendre la rivière en toute hâte, sans trop penser encore aux conséquences.

Luz regarde une dernière fois le corps inanimé de Thomas, affalé sur la berge.

— Je t'ai dit que je ne voulais pas, mais tu as voulu me forcer, murmure-t-elle à voix basse. Pourquoi n'as-tu pas écouté ?

— Qu'est-ce que tu dis ? demande Manon.

Dents et poings serrés, Luz fait volte-face et prend la direction du sud.

— On y va.

6

Luz voit avec inquiétude l'obscurité gagner la vallée. Manon tient debout mais elle est encore trop sous l'effet de l'alcool pour franchir sans aide les passages difficiles ou redescendre la rivière sans risquer de se noyer. Luz a beau la presser d'allonger le pas et l'asperger régulièrement d'eau fraîche pour la tenir éveillée, Manon manque à tout instant de chuter et de se blesser. De plus, les deux adolescentes ont soif, la faim commence à leur tenailler le ventre et elles sont épuisées par leurs marches successives. Enfin, là où Luz espérait rencontrer des retardataires ou même un nudiste ou deux attirés par le crépuscule, les berges de la Volte sont désertes, comme si les moustiques qui pullulent à cette heure-ci avaient chassé les derniers baigneurs. D'ailleurs, quelle heure peut-il bien être ? Neuf heures et demie ? Dix heures ? Plus, peut-être.

— C'est trop dangereux de rester là, lâche finalement Luz alors que Manon et elle se sont effondrées dans le sable pour une énième pause.

— J'en peux plus.

— On n'a même pas fait le quart du trajet et il nous reste le plus difficile.

— Dans le noir, souffle Manon.

— Je sais.

Luz réfléchit un moment.

— Tu te sens de passer la nuit là ? demande-t-elle, la gorge nouée.

Manon pose un regard inquiet sur elle, puis elle secoue la tête avec lenteur :

— Je veux rentrer chez moi.

Luz soupire.

— Moi aussi, dit-elle.

Son dos la démange. Le sel contenu dans sa transpiration irrite sa peau à vif et ses multiples cicatrices. Elle tente de se soulager mais elle ne parvient pas à atteindre la zone située entre ses omoplates, qui la gratte le plus.

Autour d'elles, la nuit s'installe. Des craquements et des petits cris étranges viennent se mêler au chant des grillons. Des accès de paranoïa les contraignent à jeter des coups d'œil en arrière pour voir si elles ne sont pas suivies. Les rondeurs un peu plus tôt rassurantes des blocs de granit érodés par la rivière sont désormais autant de formes menaçantes susceptibles de dissimuler renards, chiens errants ou Dieu sait quoi encore. Inconsciemment, les deux adolescentes se rapprochent et se serrent l'une contre l'autre.

— J'ai la trouille, murmure Manon.

Luz ressent la même chose mais se tait cette fois-ci, pour conjurer le sort.

— Merci, répond-elle après quelques secondes de réflexion.

Manon la dévisage d'un air étonné :

— Pour quoi ?

— Pour tout à l'heure.

— Je nous ai pourtant mises dans une belle merde.

— Tu l'as empêché de faire…

— Il avait bu.

Luz réalise qu'en dépit de sa peur et de la culpabilité qu'elle ressent à l'égard de

Thomas, allongé là-bas, avec tout ce sang sur lui, la rancœur qu'elle a accumulée depuis ce matin est en train de ressortir.

— L'alcool n'explique pas tout, crache-t-elle sur un ton plus sec qu'elle ne l'a souhaité.

Manon paraît réfléchir à la question, avant de dire :

— Tu as raison.

Puis, après avoir dégluti :

— Tu ne m'aimes pas trop, je me trompe ?

— Je ne sais pas, avoue Luz. Ça fait trois ans qu'on est dans la même classe, mais en fait on ne s'est jamais vraiment parlé. Toi devant, moi derrière. Tu es capable de répondre à toutes les questions des profs et moi je ne suis bonne qu'à me taire, le nez dans mes cahiers. Tu n'hésites pas à prendre la parole, tout le monde t'aime bien...

— Tu penses que je suis superficielle ? l'interrompt Manon.

— C'est faux ! proteste mollement Luz.

— Tu sais très bien que si. C'est ce que pensent la plupart des nanas du collège, et peut-être que c'est vrai. Peut-être que je suis superficielle. Quand on me propose à boire, je dis oui. Quand un type me pelote, je le laisse faire. Quand une nana comme toi fait une démonstration d'escalade pour épater les mecs, je préfère déboutonner mon chemisier et jouer la fille qui a besoin d'aide pour monter sur un petit bout de caillou. Quand un type comme Thomas sort une vanne nulle, je ris bêtement pour lui donner de l'importance.

Manon reprend sa respiration, avant de conclure :

— Superficielle… Oui, vraiment, peut-être que je le suis, dans le fond.

— C'est pas ce que j'ai dit.

— Tu l'as pensé tellement de fois.

— Eh bien je me suis trompée.

Manon sourit et lui donne une tape amicale sur l'épaule.

— Tu me sauves de la noyade, je tabasse les mecs qui te cherchent des crosses.

Luz se dit que c'est elle qui doit avoir l'air stupide en ce moment même. Elle ironise pour cacher sa gêne :

— Depuis le temps que je te trimballe dans les rochers, j'ai payé ma dette, tu ne crois pas ?

— Salope !

Manon éclate d'un rire nerveux et tente de lui donner un nouveau coup, mais elle rate son geste, perd l'équilibre et s'affale dans le sable.

— Je sais pas comment t'as fait pour assommer Thomas, avec le peu de précision dont t'es capable, dit Luz en riant, regrettant aussitôt sa réplique devant le visage décomposé de Manon.

— Je suis désolée. C'est pas ce que je voulais dire.

Manon lui fait signe d'arrêter de s'excuser :

— Laisse, c'est pas grave.

— Je suis sûre qu'il n'a rien d'autre qu'une grosse bosse, s'empresse d'ajouter Luz.

— Peut-être, dit Manon. Peut-être pas.

Elle s'étire, se lève et va se rafraîchir la tête dans la rivière. À son retour, Luz est debout et prête à repartir.

— On ne campe plus ici ?

Luz fait signe que non.

— Où est-ce qu'on va, alors ? On remonte ou on descend ?

— Ni l'un ni l'autre.

Manon se tourne dans la direction que regarde Luz. Face à elles, au-dessus de la rive opposée, semblent se dessiner les contours d'un immense pierrier.

— Je crois me souvenir de cet endroit.

— Tu penses qu'on peut remonter par là ?

— Si mes calculs sont exacts, Saint-Barthélemy se trouve quelque part là-haut, derrière cette crête qu'on aperçoit à l'ouest.

— Tu ne réponds pas à ma question.

— On verra bien, lance Luz en attrapant le bras de l'adolescente pour l'aider à traverser le cours d'eau.

Manon résiste.

— Tu crois pas que tu aurais plus de chances d'y parvenir sans moi ?

Luz la dévisage avec sérieux.

— Je ne laisserai certainement pas tomber une amie sous prétexte qu'elle est stupide et légère.

— T'es vraiment une salope !

— On en reparlera quand tu auras besoin de moi pour franchir cette montagne, dit Luz en l'entraînant à sa suite, avant de préciser, sérieuse cette fois : Fais gaffe sur ta droite, y a pas mal de courant et ça glisse.

Au-dessus de leurs têtes, un nuage vient voiler le peu de clarté qui subsistait. Un grondement retentit alors qu'elles gagnent l'autre rive, trempées jusqu'aux cuisses. Le cœur battant, Luz se demande s'il s'agit du tonnerre ou du vacarme provoqué par le raclement d'un gros galet qui dévale la chute d'eau située une centaine de mètres plus bas.

*

* *

Une bruine glacée s'abat sur elles moins de vingt minutes plus tard. Ce que Luz a pris pour un pierrier est en réalité un conglomérat de roches de toutes dimensions, pour la plupart infranchissables dans le noir et devenues glissantes avec la pluie. Alors qu'elle pensait pouvoir le gravir en moins de cinq minutes, elles en atteignent à peine le sommet qu'elles se retrouvent au pied d'une immense falaise qu'elles doivent à présent contourner par la gauche, en priant le ciel et l'enfer qu'il ne s'agisse pas d'un cul-de-sac.

Luz commence à ressentir les premiers effets d'une crampe au mollet gauche. Elle serre les dents et continue de traîner Manon qui montre des signes d'épuisement et réclame de petits arrêts de plus en plus fréquents.

— On y est presque !

— Tu me dis ça à chaque mètre !

Luz s'immobilise un instant.

— Écoute, si tu veux, je peux monter quelques mètres pour voir si on est sur la bonne voie, puis je redescends te chercher dès que je suis sûre de moi.

— J'ai la dalle.

— Moi aussi, qu'est-ce que tu crois ! Bon, tu es d'accord ?

Manon marmonne un truc qui ressemble à un « oui », puis elle lui lâche la main.

— Tu ne bouges pas de là, hein ?

— Tu veux que j'aille où ? Merde, j'ai un de ces mal de crâne !

— Ça va aller, t'es sûre ?

— C'est pas la première fois que je me prends une cuite, tu sais.

— OK, j'y vais.

Luz pose une main contre la roche pour se guider et avance sur leur gauche. La falaise s'interrompt brutalement une dizaine de mètres plus loin.

— Tu es toujours là ?

— Merde !

— Je continue.

Luz progresse d'une dizaine de mètres supplémentaires, cette fois vers le haut, le long de la paroi. Elle atteint une sorte de surplomb herbeux, fait quelques pas. Une trouée momentanée dans le ciel nuageux laisse percer un instant l'éclat de la lune. Elle s'aperçoit que la pente est beaucoup plus douce qu'elle ne l'avait imaginé et que genêts et bourdaines ont remplacé les rochers. Une lueur d'espoir, la première depuis un sacré bout de temps. Elle a enfin dépassé la barre rocheuse qui ceint l'ensemble des gorges de la Volte.

Pressée d'annoncer la nouvelle à Manon, elle rebrousse chemin et dévale la pente aussi vite que la faible lumière le lui permet. Elle panique un bref instant en cherchant la falaise du bout des doigts et la trouve finalement deux mètres sur sa gauche. Moins d'une minute plus tard, elle rejoint son point de départ, mais son amie a disparu.

*

* *

— Manon ?

Sa voix résonne et l'écho rebondit deux ou trois fois avant de lui revenir et de s'éteindre définitivement. Luz fait une nouvelle tentative :

— Manon ?

Même résultat.

— Merde, merde, merde ! Où tu es, bon sang ? Me fais pas ce coup-là !

Luz revient sur ses pas, se demandant si elle ne s'est pas trompée d'endroit. Elle longe la même falaise, tombe sur le même angle droit, puis refait le chemin en sens inverse en s'arrêtant tous les mètres pour appeler. Elle plisse les yeux et scrute l'obscurité dans l'espoir d'y voir quelque chose. Au-dessus, en contrebas. Bon sang, elle doit bien être quelque part, se dit-elle. Je ne l'ai pas laissée plus de deux ou trois minutes.

Elle imagine le pire, elle pense que Thomas les a peut-être suivies ou que Manon, dont l'équilibre est encore précaire à cause de l'alcool, a fait une chute mortelle et qu'elle gît, les os brisés, une centaine de mètres plus bas, le crâne ouvert sur un rocher. Elle revoit Thomas, allongé dans le sable, immobile. Elle se souvient aussi du galet et du sang séché. Elle fronce les sourcils, elle serre les poings, elle sent une boule énorme lui remonter dans la gorge, tandis que ses yeux se remplissent de larmes grosses comme des galets. La peur la gagne pour de bon. Elle se dit que Manon ne peut pas être morte elle aussi, que ça ne serait pas juste. Vraiment pas juste. Elle se dit aussi qu'un premier dimanche d'été ne peut pas être aussi pourri que ça. Manon est une fille bien. Un peu légère et stupide, mais bien. Elles pourraient devenir amies, qui sait, pourvu qu'elle parvienne à la retrouver à temps.

Elle appelle encore :

— Manon !

Puis, d'une voix plus forte :

— Manon, réponds-moi !

Elle ne sait pas si elle doit attendre ici, descendre pour essayer de retrouver sa trace ou monter. Descendre, attendre, monter. Descendre, attendre, monter. Ces trois mots tournent en boucle jusqu'à la rendre folle. Elle se met à sangloter, elle renifle, elle ravale le sel, la bile et la peur, elle se prend la tête entre les mains, quand elle croit percevoir un gémissement quelque part en contrebas.

Elle relève aussitôt la tête.

— Manon.

Nouveau gémissement. Près, tout près d'elle.

— Manon, c'est toi ?

Luz s'accroupit et avance à quatre pattes sur le bord du ravin pour essayer d'entendre d'où vient le bruit.

— Tu m'entends ?

— Je suis là.

Son cœur fait un bond dans sa poitrine. Elle se penche davantage.

— Où ça ?

Nouveau gémissement, plus net cette fois-ci.

— Je suis juste en dessous.

Luz tâte la pente des deux mains et constate qu'elle peut s'y risquer sans danger. Elle se redresse et entame la descente en prenant soin de rester dos au vide. Un buisson d'aubépine lui écorche les jambes, mais elle finit par rejoindre Manon sans encombre. Des larmes de soulagement lui coulent sur les joues.

— Tu pleures ?

— Arrête de dire des âneries. Je suis juste essoufflée, je te cherche partout depuis cinq minutes.

Luz s'assoit à côté de Manon.

— Ça va ?

— Je crois que je me suis foulé la cheville.

— Mais qu'est-ce que tu as fichu pour te retrouver là ?

Manon se déplace contre elle et gémit en se tournant.

— Tu vas encore me trouver stupide.

— Je t'avais dit de ne pas bouger et de m'attendre.

— J'ai eu la trouille de rester seule, alors j'ai essayé de te suivre, mais tu allais trop vite et j'ai perdu ta trace. En revenant au point de départ, avec cette saloperie de pluie, j'ai glissé, je suis descendue de quelques mètres, j'ai voulu me rattraper à une branche ou une racine, mais elle a cassé, j'ai perdu l'équilibre et voilà le résultat.

Luz réfléchit.

— Ton portable, il capte ici ?

Une lueur d'espoir s'allume dans les yeux de Manon. Elle cherche frénétiquement l'appareil dans le sac, l'exhibe avec un cri de victoire et l'allume. Elle jette un œil à l'écran et se rembrunit. Elle tourne sur elle-même, lève le portable au-dessus de sa tête, change à nouveau de position, les yeux rivés à l'écran, fait un pas en avant, s'effondre en grimaçant de douleur et lâche l'appareil à ses pieds. Luz se précipite sur elle, mais Manon lui fait signe de laisser tomber.

— Il n'y a pas de réseau.

— Même pas un peu ? murmure Luz en se penchant pour ramasser le portable et vérifier.

— Rien, je te dis !

Luz encaisse la mauvaise nouvelle et marque un temps d'arrêt. Au bout d'un instant, elle s'accroupit, remet l'appareil dans le sac, puis elle se tourne vers Manon et lui saisit délicatement la cheville.

— Ça te fait vraiment très mal ?

— Ouais.

— Tu te sens de repartir ?

— Tu as trouvé le chemin, là-haut ?

— Presque, ment-elle pour ne pas décourager Manon plus qu'elle ne l'est déjà elle-même. Le sentier de randonnée est juste au-dessus. Il suffit de contourner le gros bloc par la gauche. Tu peux marcher toute seule ou tu as besoin d'aide ?

Manon se relève péniblement et fait deux pas en grimaçant de douleur.

— Si tu me tiens le bras, ça devrait aller.

— J'espère bien, dit Luz, un léger tremblement dans la voix. J'espère bien parce que je commence à en avoir vraiment marre de tout ça.

Manon saisit la main de Luz et la serre de toutes ses forces.

— Hé, tu me fais mal !

— Tu ne me laisseras pas tomber, hein ?

— Bien sûr que non.

— Je veux pas finir comme Thomas, là en bas. Je veux pas rester seule.

Luz se dit que ça serait bien plus simple de remonter sans Manon, mais cette pensée lui fait honte. Elle sent alors les mains de Manon se glisser dans son dos, et l'adolescente se coller contre elle, laissant couler son angoisse en grosses larmes salées sur son épaule.

— J'ai eu si peur quand le galet s'est abattu sur sa tête. Je ne me rendais pas compte de ce que je faisais. Ça a été comme un réflexe. Je ne sais pas ce qui m'a pris. Et là, quand je suis tombée et que tu n'étais pas là, j'ai eu peur que tu ne reviennes jamais.

Luz la console en silence, une main dans ses cheveux mouillés et l'autre sur ses épaules.

Et moi, pense-t-elle. Qui me prend dans ses bras ?

*
* *

Quelques minutes plus tard, les deux adolescentes se remettent en route. Après une brève accalmie, la pluie a repris de plus belle. Vingt mètres plus haut, l'herbe est glissante. Avec patience, mètre par mètre, buisson après buisson, Luz avance d'un pas puis d'un autre, Manon prend appui sur son épaule pour progresser à son tour, chaque fois plus lourde sur son épaule. À chaque buisson plus fatiguée. À chaque mètre plus tenaillée par la douleur.

Luz a soif, Luz a faim, Luz en a marre, marre et marre. Luz n'a que quatorze ans et ce fichu sentier n'est toujours pas là, à moins qu'elles ne l'aient déjà dépassé dans le noir sans s'en rendre compte. Manon ne gémit presque plus, plus ou moins inconsciente, qu'est-ce que Luz en sait ?

— Réveille-toi, tu pèses des tonnes.

Manon marmonne quelque chose, se ressaisit et tient quelques mètres supplémentaires, mais retombe systématiquement dans les vapes.

Fichu sentier, maugrée Luz en serrant les dents pour ne pas lâcher son fardeau. Fichu sentier, saloperie de rivière et maudits soient ces mecs qui se croient tout permis avec les filles de quatorze ans qui ne demandent qu'à rire et à s'amuser. Maudits, maudits, maudits !

Elle grimpe encore un moment, cherchant du pied la trace réconfortante d'un sentier entretenu, à l'herbe courte et aux pierres bien empilées, mais ne trouve rien. Possible qu'elle l'ait raté. Possible aussi qu'elle ait mal évalué les distances ou qu'elles ne soient pas sur le bon pan de montagne et qu'il leur faille redescendre dans un vallon pour remonter ensuite et trouver ce qu'elles cherchent. Possible, enfin, qu'elles se soient perdues au milieu de nulle part, tout simplement, comme deux adolescentes légères et stupides qu'elles sont.

Luz se traite d'imbécile et d'incapable une bonne centaine de fois, réfrénant son envie de tout laisser tomber, mais au terme d'un temps qu'elle ne sait pas évaluer, elle finit par se laisser glisser dans l'herbe, à bout de forces, aux côtés de Manon qui n'a pas esquissé un geste de protestation.

— Comment va ta cheville ?

Manon marmonne vaguement qu'elle a connu des jours meilleurs et lui demande de ne pas la laisser seule. Luz pose la main sur son front et constate qu'elle a de la fièvre. Puis elle tâte sa cheville qui a doublé de volume. Mauvaise chute, mauvaise foulure, mauvaise journée. Elle aide Manon à retirer son sac et le lui cale sous la tête, puis elle fait de même et allonge ses jambes dans l'herbe détrempée en poussant un soupir de soulagement. Son dos meurtri la lance un peu, mais l'engourdissement qui la gagne a tôt fait d'atténuer ses courbatures.

Elle ferme les yeux.

— Une minute, pas plus, murmure-t-elle.

Une minute et elles repartent.

Les grillons se remettent à chanter, une branche craque derrière elle. Probablement un lapin ou un rongeur. Quelque part, Frédéric Vanier et son père dorment sur leurs deux oreilles et cuvent leur alcool jusqu'à leur prochaine cuite. Dimanche prochain. Ou plus tôt, s'il y a un match de football, de rugby ou un prétexte quelconque à festoyer. Sa mère et Marie doivent se faire du mauvais sang. Peut-être ont-elles déjà appelé les gendarmes ou les pompiers. Peut-être des recherches ont-elles été lancées pour les retrouver. Peut-être que les parents de Manon ou de Thomas les ont contactés. Peut-être, peut-être, peut-être.

La pluie tombe en continu, sa robe déchirée est trempée, l'air est lourd malgré tout mais Luz grelotte un peu. Elle s'endort en pensant à ce qui se serait produit si Manon s'était noyée ou si Thomas était allé jusqu'au bout. Elle pense, elle rêve, elle ne sait pas vraiment. Elle revoit son maillot de bain, pendu à un cintre dans le magasin de la rue piétonne. Le sourire de la vendeuse, le refus de sa mère, son insistance, les essayages, son envie de l'avoir, ce maillot de bain, de l'enfiler, de le porter. Et ce sentiment de liberté quand sa mère a finalement cédé.

Je suis vraiment stupide, soupire-t-elle dans son sommeil.

7

Luz reprend connaissance. L'averse s'est enfin arrêtée et la lune diffuse une lumière blanche rassurante. Une boule d'angoisse se tord et se détord encore et toujours dans son ventre. Elle se redresse, s'étire, jette un regard inquiet autour d'elle, puis tout lui revient en mémoire. Elle pense à retirer sa robe dans l'espoir de la faire sécher, mais réalise confusément qu'elle n'a pas de vêtements de rechange. Abandonnant cette idée, elle rampe jusqu'à Manon pour s'assurer qu'elle ne s'est pas à nouveau enfuie, puis elle fourre la main dans la poche du sac de l'adolescente pour en extraire son portable et regarder l'heure qu'il est. Si seulement il pouvait faire bientôt jour.

Minuit trente-cinq, toujours aucun réseau.

Merde, pense Luz en remettant l'appareil à sa place.

De dépit, elle se lève et balaie les environs des yeux. Manon et elle se trouvent au sommet d'un petit monticule de terre et d'herbes hautes, planté au centre d'une sorte de pré à l'abandon. La pente est douce, la vallée de la Volte est invisible. Une légère brume d'un blanc laiteux vissée au sol l'empêche de voir plus haut, si bien qu'elle ignore s'il lui reste encore beaucoup de chemin à parcourir pour atteindre les premiers pâturages de Saint-Barthélemy ou si le pré dans lequel elles sont couchées indique la proximité d'une ferme.

— On ne doit plus être très loin.

Elle scrute une nouvelle fois les environs, s'arrête sur chaque détail, chaque ombre, dans l'espoir de repérer un chemin, un poteau ou le pan d'une maison et de percer le rideau opaque qui lui masque la vue. C'est alors qu'elle croit apercevoir une clôture en bois, une cinquantaine de mètres sur sa gauche.

Elle s'élance aussitôt, éprouvée par ses courbatures et dopée à l'espoir. À deux mètres de son objectif, elle pousse un cri de joie. Le morceau de clôture entraperçu dans la brume est en réalité une barrière qui jouxte un chemin de terre fréquenté. Le sol est écorché de traces de pneus laissées par un tracteur. La pluie les a en partie effacées et la lune n'éclaire pas assez le sol pour qu'elle en soit certaine, mais les marques semblent récentes. Elle tente de visualiser mentalement une carte de la commune pour deviner où elle se trouve avec exactitude, quand une partie du voile brumeux s'écarte soudain, poussée par une bourrasque courant d'air, et laisse voir les toitures d'une grange et d'une maison en pierre de taille.

Elle reconnaît aussitôt la ferme des Avauges, habitée par des amis de ses parents et située à deux cents mètres de l'entrée de Saint-Barthélemy. Les deux adolescentes se trouvent à moins d'un kilomètre de chez elle seulement.

Un petit kilomètre de chemin de terre, puis de route goudronnée.

— On est sauvées, souffle-t-elle pour elle-même en riant de soulagement. Elle court réveiller Manon pour lui annoncer la nouvelle.

*
* *

À leur arrivée devant le portail, il est près d'une heure du matin. La lumière du perron est allumée et quatre voitures, dont celle de Vanier, sont garées sous le mûrier, là où la table était dressée quelques heures plus tôt. Après un instant d'hésitation, Luz recale le bras de Manon sur son épaule et les deux adolescentes traversent la cour.

Un chien aboie, rapidement suivi par un deuxième. La porte d'entrée s'ouvre brusquement et la mère de Luz apparaît dans l'encadrement, un châle de lin blanc sur les épaules, les yeux rougis d'avoir trop pleuré, suivie de sa tante Marie.

— Lisa ! crient-elles en chœur en se précipitant à leur rencontre.

Luz tombe dans les bras de sa mère, les yeux secs et des sanglots coincés au fond de la gorge. Déjà, derrière elles, se pressent son père, ses sœurs, puis les parents de Manon, un autre couple d'une quarantaine d'années qu'elle ne connaît pas et deux des types que Thomas et elles ont croisés dans les gorges de la Volte cet après-midi, Antoine et Marco.

— Vous êtes trempées !

Luz perd Manon de vue. Sa mère l'attire à l'intérieur, tire une chaise et l'assoit à l'angle de la table. La main de Marie se pose sur son épaule.

— Je vais te chercher des vêtements chauds, dit sa mère avant de disparaître dans le couloir.

Les yeux rivés sur la table où sont posés le téléphone et deux paquets de cigarettes, Luz l'entend grimper les escaliers en toute hâte.

Marie s'accroupit devant elle.

— Ça va, ma belle ?

Luz opine du menton, lèvres serrées et gorge nouée. Marie chuchote :

— Ta robe est toute déchirée et tu ne portes plus le haut de ton maillot, tu es sûre que tu ne veux rien me dire…

La grosse voix de son père retentit au-dessus d'elle, coupant court à la question de sa tante. Luz le laisse gueuler et cracher ses angoisses. Luz ne dit rien, elle a l'habitude. Elle rentre la tête dans les épaules et attend que sa mère revienne et le fasse taire. Elle regarde Marie qui jette des coups d'œil inquiets dans sa direction, sans oser interrompre son père. Le silence, comme toujours. Le silence comme seule arme.

— Tu me réponds quand je te parle ?

Luz n'écoute pas la suite, elle ravale sa colère et déglutit péniblement. La main de Marie lui caresse l'avant-bras.

Manon et ses parents font irruption dans la pièce à leur tour, calmant momentanément les ardeurs de son père. Ils s'excusent, ils les remercient. La mère de Manon, une petite femme au visage poupin et aux doigts translucides d'une finesse incroyable, s'approche de Luz, la force à se relever et la prend dans ses bras comme si elle n'allait jamais la lâcher. Luz n'entend que le mot « merci », répété à maintes reprises, et se dit que l'adolescente a de la chance d'avoir une mère si attentionnée.

La femme finit par s'écarter, emportant avec elle une odeur de violette et de poivre, pour rejoindre Manon, qui ronronne, au chaud contre son père. Luz lui sourit, pince les lèvres et désigne sa cheville enflée et rougie, lardée de griffures et d'écorchures sanguinolentes. Manon lui fait un signe de la tête. Nouvelle poignée de main de l'adolescente avec Marie et son père. La porte claque. Antoine et son pote Marco ne semblent, eux, pas décidés à partir. Luz se réfugie sur sa chaise et les supplie intérieurement de s'en aller quand elle entend la fin d'une conversation téléphonique, « Bonne nuit, messieurs, et encore merci », et le bruit du combiné que l'on repose sur son socle. Elle lève les yeux et voit Vanier, ce salaud de Vanier, se retourner vers elle et la dévisager.

Pas lui, pense-t-elle. Pas lui, pas maintenant.

Pourtant, le sale petit sourire en coin qu'il arbore en permanence a disparu et elle croit distinguer une lueur d'inquiétude dans son regard. Muette, elle le voit traverser la pièce et se rapprocher pour parler avec quelqu'un que son père lui dissimule.

Elle penche la tête et aperçoit Thomas.

Debout, souriant, un pansement sommaire sur le côté du crâne, vêtu d'un tee-shirt et de son maillot de bain, et l'air gêné de celui qui n'est pas à sa place. Vanier lui donne une tape amicale sur l'épaule, Thomas baisse les yeux.

Elle hurle :

— Allez-vous-en !

Incapable de se contrôler, Luz s'éjecte de sa chaise, traverse la cuisine en courant et s'enfonce dans le couloir, manquant de renverser sa mère, avant de monter s'enfermer dans sa chambre. Elle se jette sur son lit et laisse enfin un flot de larmes la submerger.

*

* *

On gratte à la porte.

— Je peux entrer ?

La voix de son père.

Luz ne répond pas, sèche ses yeux et s'allonge sur le dos. La porte s'ouvre et se referme.

— Je t'ai ramené des affaires sèches.

Son père est planté au milieu de la pièce, tenant ses vêtements d'un air gauche. Comme elle ne bouge pas, il s'avance et les pose au bout du lit. Il s'assoit à côté d'elle. Luz se raidit.

— Je suis désolé.

Elle ne dit rien, elle attend la suite.

— Je n'aurais pas dû élever la voix. Je suis crevé... Avec ta mère, on a eu tellement peur qu'il ne te soit arrivé quelque chose.

Luz tourne la tête vers lui, incrédule :

— Tu ne vas pas m'engueuler ?

— Bien sûr que non ! s'exclame son père en posant maladroitement sa grosse main sur son épaule. Thomas nous a tout raconté. Les bières, le moment où la petite Manon a failli se noyer et où tu l'as sauvée, la panique quand il est tombé en faisant le fou et que vous vous êtes empressées de partir pour prévenir les secours.

— Quand il est tombé, répète Luz, d'une voix mécanique.

— Oui, dit son père, mais ce n'était rien de grave. Ses amis, les deux gamins qui étaient dans la cuisine quand tu es rentrée, campaient au-dessus de l'endroit où vous étiez. Alertés par ses cris, ils l'ont trouvé, un peu sonné, et se sont chargés de le ramener. Ils ont embarqué son scooter dont il avait perdu les clefs et sont venus directement ici voir si vous y étiez. Depuis, on a imaginé le pire mais, Dieu merci, tu es là, saine et sauve.

Un frisson glacé parcourt le dos de Luz. Thomas a menti. Et elle, que doit-elle faire ?

— Il vous a dit comment il était tombé ?

— Je crois qu'il a expliqué que c'était en escaladant un rocher pour sauter dans une vasque. Il a glissé. Ensuite, il ne se souvient plus de ce qui s'est passé jusqu'à ce que ses amis le retrouvent.

— Et sa tête ?

Son père lui tapote doucement l'épaule.

— Ne t'inquiète pas, sa blessure n'est que superficielle. Le médecin est venu tout à l'heure, il a soigné ça.

Le silence s'établit. Le ronronnement d'un moteur remonte de la cour. Son père se lève, se rend à la fenêtre qu'il ouvre pour regarder.

— Ce sont les parents de ton amie qui s'en vont.

Un courant d'air frais traverse la chambre et vient soulever le coin d'un vieux poster des Red Hot Chili Peppers qui orne le mur face au lit.

Luz décide qu'il est préférable qu'elle taise la vérité et en est soulagée un bref instant. Puis elle sent la torsion d'un autre nœud dans son estomac, plus douloureux celui-là, et elle comprend qu'elle n'a peut-être pas pris la bonne décision.

Elle dit :

— J'ai soif.

Son père se retourne et se précipite dans le couloir.

— Je te ramène ça tout de suite.

Un bruit de verre contre la faïence, le robinet d'eau qui coule, puis les pas de son père, de retour dans la chambre, auprès d'elle.

— Voilà !

Elle saisit le verre et boit avec avidité, se retenant d'en demander un autre. Sa gorge la brûle un peu, ses lèvres sont plus sèches qu'elle ne le pensait.

Son père tend la main pour récupérer le verre, il l'attrape par le bras et l'enlace maladroitement en lui soufflant qu'il l'aime et qu'il est désolé de ne pas savoir le lui montrer. Alors seulement Luz pense à Vanier et à ce qui s'est passé dans la salle de bains quelques heures plus tôt. Elle se souvient aussi des regards salaces, des mains baladeuses et des remarques des derniers mois. Elle revoit enfin le regard soucieux de Vanier, tout à l'heure dans la cuisine, et comprend qu'il ne l'était pas pour elle, mais pour lui-même.

Elle inspire une longue goulée d'air, s'écarte doucement de son père, plante ses yeux dans les siens et dit, un léger chevrotement dans la voix :

— Papa, j'ai quelque chose à te dire.

Elle hésite encore une seconde, mais la lueur d'inquiétude sincère qui brille à cet instant dans les yeux de son père dissipe tous ses doutes, et elle ajoute :

— C'est à propos de Frédéric Vanier.

Son père fronce les sourcils sans la lâcher du regard. Luz voit ses mains se refermer en poings et sa respiration se bloquer. Elle lit dans ses prunelles qu'il a tout deviné à l'instant précis où elle prononçait le nom de Vanier.

Luz laisse alors les mots sortir de son ventre en un flot bouillonnant de peur mêlée de colère.

*

* *

La porte de la chambre s'est doucement refermée sur son père, ivre de rage et d'amour pour elle. Son cœur bat à tout rompre pendant que résonnent les premiers cris, au rez-de-chaussée. La voix de son père, terrible, contenue et effrayante à la fois. Pas une seule fois celle de Vanier. Pas une seule.

Luz déboutonne lentement sa robe, qu'elle passe par-dessus sa tête pour la retirer et la jeter en boule dans un coin. Puis elle enlève le bas de son maillot, le porte devant ses yeux et le balance d'un mouvement triste de la main dans la corbeille à papier, sous son bureau, sentant confusément ce que ce geste a de banal et d'important à la fois. Elle enfile ensuite son vieux peignoir bleu, troué aux coudes et au col, fait une longue boucle à la ceinture, saisit son pull et son jean, et gagne la salle de bains.

Avançant à pas feutrés dans le couloir, elle perçoit en dessous des raclements de chaises sur le carrelage. Elle imagine le choc d'un corps que l'on pousse sans ménagement vers la sortie et le mutisme de ceux qui assistent à la scène. La porte d'entrée s'ouvre précipitamment, le battant claque contre le mur, Vanier proteste, un nouveau choc. Puis viennent le crépitement du gravier qu'on ramasse et qu'on jette et le son étouffé d'une course dans la cour. Une voiture démarre, le boîtier de vitesses craque et le moteur tousse. La vieille 405 de Vanier s'enfuit avec son propriétaire. Luz se glisse sous la douche, emplit ses poumons d'air et laisse couler l'eau.

*

* *

Quand Luz entre dans la cuisine, quinze minutes plus tard, emmitouflée dans son pull, ses sœurs, sa mère et Marie sont assises autour de la table, une tisane fumante entre les mains. Debout aux côtés de son père, Thomas et ses parents sont encore là, mais ses deux amis sont partis. Luz ne dit rien et file s'installer sur la chaise que sa tante lui désigne du menton.

— Tu veux une tasse ?

Luz acquiesce. La porte d'entrée laisse entrer un courant d'air frais qui se faufile entre ses pieds nus et lui fait du bien. Sa mère la couve du regard et ne dit rien. Luz trempe sa cuillère dans le pot de miel ouvert, laisse le nectar sucré se diluer dans sa tasse d'eau chaude, puis porte le liquide brûlant à ses lèvres et le lape à petites gorgées.

— Ta copine nous a dit que vous étiez passées par la montagne, c'est vrai ? questionne sa sœur Virginie.

— Dans le noir, complète Maud.

Luz s'apprête à leur répondre mais son père les interrompt :

— On verra ça plus tard. Lisa, tu viens raccompagner ton ami et ses parents ?

Luz se lève à contrecœur et les suit jusqu'au perron. Elle lance un regard incendiaire à Thomas pour lui faire comprendre qu'elle n'a pas craché le morceau. Ce soir, il va pouvoir dormir sur une oreille, la conscience sale. Le silence et le mensonge, cette fois-ci. Désormais, il a intérêt à lui foutre la paix. Vanier a payé pour lui, mais elle ne se laissera plus faire et elle sait qu'il comprend ça très bien.

— Salut, dit-il d'une voix inaudible.

Luz ne prend pas la peine de répondre et serre les mains qui se tendent, sauf celle de Thomas. Ses yeux errent machinalement sur la cour, puis reviennent sur l'adolescent à qui elle adresse un sourire de victoire. Il interprète mal son geste et se rapproche.

— Je peux récupérer mes clefs ? chuchote-t-il.

Elle feint la surprise :

— Quelles clefs ?

— Celles du scooter.

Elle sourit une nouvelle fois, mais son regard vissé dans celui de Thomas énonce clairement toute sa détermination, l'air de dire, comme elle l'a entendu un jour dans un film, qu'elle pardonne mais qu'elle n'oublie pas.

— Je n'ai pas tes clefs.

Thomas ouvre la bouche pour protester et dire qu'ils savent pertinemment tous les deux qu'elle ment, mais il se ravise et encaisse le coup en grimaçant.

Luz ajoute :

— Tu les as certainement perdues quand tu es tombé.

Puis elle retourne dans la cuisine et termine sa tisane.

8

Luz grimpe les escaliers quatre à quatre, croise sa sœur Virginie qui ne fait pas attention à elle, trop occupée à ajuster sa nouvelle coiffure, et fonce s'enfermer dans la salle de bains pour se changer.

L'air est frais, il est presque deux heures de l'après-midi et la vie est belle. La chaleur étouffante de juillet et des premières semaines d'août a disparu, des orages ont éclaté vendredi dernier. À présent, les jours raccourcissent et il règne une atmosphère de fébrilité due à l'imminence de la reprise des cours.

La fenêtre du couloir claque.

Luz se dépêche d'enfiler le maillot de bain que lui a offert son père au début de l'été, après deux jours de négociations, et elle passe rapidement un short et un tee-shirt blanc.

La voix de sa mère, en bas :

— Luz, ta copine est là !

— J'arrive tout de suite !

Elle contemple un instant son reflet dans le miroir, décide que sa coiffure est très bien comme ça et qu'il n'y a rien à ajouter, puis elle file récupérer son sac, son MP3 et dévale les marches.

Dans la cuisine, le rire cristallin de Manon résonne au milieu des chuchotements de sa mère et des bruits de la vaisselle que l'on rince. Luz déboule, traverse la pièce en courant, saisit son amie par le bras et l'entraîne aussitôt dans la cour.

— Ne rentrez pas trop tard, crie sa mère avant qu'elles n'atteignent le portail et ne commencent à descendre la rue à grandes enjambées.

Parvenue au départ du sentier qui mène à la rivière, Luz s'immobilise et regarde en arrière. Il lui semble avoir entendu le moteur d'une voiture.

— Tu viens ?

Luz fait signe à Manon de patienter un instant et scrute la rue déserte.

Frédéric Vanier n'est revenu partager le repas à l'ombre du mûrier ni le dimanche suivant ni ceux d'après. Personne ne s'en est étonné et personne ne l'a regretté. Des langues se sont déliées dans son entourage. D'autres adolescentes se sont plaintes. Des femmes plus âgées aussi. Le petit ami de Maud raconte que Vanier a déménagé et quitté le village. La mère de Luz jette depuis des coups d'œil silencieux à sa fille, son père la prend dans ses bras plus souvent et sa tante lui adresse des petits sourires empreints de tendresse, mais ce sont bien les seules choses qui ont changé.

Luz secoue la tête pour ne plus y penser.

— Alors, tu viens ?

Elle fait volte-face et court rejoindre Manon qui s'impatiente.

— Qu'est-ce que tu fichais ?

Luz sourit, lui donne une tape amicale sur les fesses et accélère brusquement le pas en criant :

— La dernière à l'eau porte les sacs au retour !

Manon se précipite à sa poursuite. Les deux adolescentes entament une descente endiablée sous les rayons de soleil timides du dernier dimanche d'août et atteignent le lit de la rivière moins de dix minutes plus tard.

Les berges de la Volte se sont lentement vidées de leurs touristes la semaine passée. Restent les adolescents du coin et les derniers vacanciers retardataires. Manon et Luz se baigneront peut-être. Ou elles lézarderont là, sur une dalle de granit, à supporter les regards inquisiteurs des boutonneux de leur âge ou des mères de famille jalouses, le casque du MP3 vissé sur leurs oreilles, le dernier tube à la mode tournant en boucle. Elles parleront des professeurs qu'elles détesteraient avoir à la rentrée, des derniers rebondissements de leur série télévisée favorite. Elles pousseront des petits cris affolés quand deux enfants moins timides que les autres viendront les éclabousser en riant. Elles joueront aux cartes, se passeront du vernis sur les ongles des pieds ou, allongées sur leurs serviettes délavées, elles somnoleront en rêvant du jour où, permis et bac en poche, elles quitteront enfin ce coin paumé.

11535

Composition
FACOMPO

Achevé d'imprimer en Slovaquie
par NOVOPRINT SLK
le 24 juillet 2016

Dépôt légal août 2016
EAN 9782290103029
L21EPNN000344N001

ÉDITIONS J'AI LU
87, quai Panhard-et-Levassor, 75013 Paris

Diffusion France et étranger : Flammarion